울트라 코리아
ULTRA KOREA

울트라 코리아

ULTRA KOREA

1판 1쇄 찍음 2021년 5월 4일
1판 1쇄 펴냄 2021년 5월 11일

지은이 | 정사부
펴낸이 | 정 필
펴낸곳 | (주)뿔미디어

편집장 | 문정흠
기획 · 편집 | 오복실

출판등록 | 2002년 9월 11일 (제1081-1-132호)
주소 | 경기도 부천시 원미구 소향로17, 303(두성프라자)
전화 | 032)651-6513 팩스 | 032)651-6094
E-mail | bbulmedia@hanmail.net
비북스 | http://b-books.co.kr

값 8,000원

ISBN 979-11-6713-170-6 04810
ISBN 979-11-6565-919-6 04810 (세트)

정사부 현대 판타지 장편 소설
4
울트라 코리아
ULTRA KOREA
BBULMEDIA FANTASY STORY

CoNtEnTs

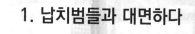

1. 납치범들과 대면하다

창문 하나 없는 밀폐된 방.

천장에 매달린 백열등이 불을 밝히고 있다.

그 아래, 국진은 굳은 표정으로 의자에 앉아 무언가를 골똘히 생각하고 있었다.

'무슨 수를 써서라도 잡아 와!'

자신의 상관인 문성국이 조금 전에 한 지시를 계속해서 무한 반복 중이다.

다라락! 다라락!

손가락으로 책상 위를 리드미컬하게 두드리며, 문성국이 지시한 것을 어떻게 하면 아무 잡음도 없이 수행할 수 있을지 고민했다.

다른 사람도 아닌, 특수부대에서 혁혁한 공을 세운 용사를 조용하고 은밀하게 잡아 오는 것은 자신들이더라도 결코 쉬운 일이 아니다.

국정원, 아니, 중앙정보부를 거처 안기부, 그리고 지금의 국가정보원이 되었다고는 하지만, 사람을 납치해서 끌고 와 고문하며 원하는 정보를 토해 내게 만드는 것이 자신들의 본업이었다.

그러다 욕심이 지나쳐 결국 무리수를 두다 옷을 벗고 그곳에서 벗어나기는 했다.

하지만 천성은 버릴 수가 없었다.

그렇게 몇 차례 일을 하다 보니 문제도 많았다.

그렇지만 지금까지 이번 타깃처럼 특수한 사람을 납치한 적은 한 번도 없었다.

차라리 현장에서 처리를 하였지, 납치는 한 번도 하지 않았다.

그만큼 위험하고 실패 확률이 높기에 아예 시도 자체를 하지 않은 것이다.

그런데 이번만은 예외였다.

그 이유는 납치할 존재가 모든 일의 핵심이 되는 특

허권을 가지고 있었기 때문이다.

특허권을 양도한다는 사인을 받지 못하면 모든 일은 말짱 꽝이 되어 버리기에 어쩔 도리가 없었다.

이번 타깃은 특수부대에서도 이름이 알려진 베테랑 출신으로, 작전 중 사고를 당해 전역했다고 알려져 있는데, 자신이 보았을 때는 그런 흔적이 전혀 없었다.

또 알아본 바로는 특수부대 출신들을 훈련시켜 전성기 때의 전력으로 만들었다고 한다.

그것도 불과 한 달 만에 말이다.

이게 말이나 되는 것인가.

국진도 국정원에 들어가기 전, 특수부대에서 위탁 교육을 받은 적이 있었다.

석 달간 공수부대에서 위탁 교육을 받았지만, 그런 훈련을 또 받기는 죽도록 싫었다.

그런데 수호는 그런 훈련을 능가하는 실전을 경험한 것은 물론, 작전이 없을 때면 틈틈이 훈련을 받았다.

그렇기에 한 다리 거쳐 알아본 그는 특수부대에서도 전설적인 무용담의 주인공 중 최고라 일컬어졌다.

사실 이런 존재를 납치하는 것은 거의 불가능한 일이다.

아무리 자신들이 이런 쪽에 베테랑이라고 하지만, 타깃 또한 적이라 생각되는 존재를 파괴하는 것으로는 숙

런가이니 객관적으로 따져 보면 아무리 자신들이 나서도 납치는 성립이 되지 않았다.

하지만 상급자의 명령은 절대적인 것이다.

어떻게 해서든 이뤄야 하는 것이 상급자의 명령이다.

그랬기에 김국진은 계속 고뇌하는 중이었다.

'어떻게 하면 명령을 제대로 완수할 수 있을까?'

똑똑.

"남길입니다."

노크와 함께 안으로 들어온 사람은 국진의 부하 김남길이었다.

국정원 시절에 그의 밑에서 일하던 부하였고, 옷을 벗고 국정원을 나올 때도 함께했다.

"잠시 앉아 봐라."

국진이 심각한 표정으로 남길에게 이야기하였다.

"도저히 감당할 수 없는 무력의 존재를 아무도 모르게 납치하려면 어떻게 해야 할까?"

밑도 끝도 없는 질문이지만, 국진은 가감 없이 현 상황을 떠올리며 물었다.

"흠, 납치할 대상이 상당한 무력을 가지고 있고, 또 납치를 하려는 조직보다 강력한 무력을 가지고 있다는 가정하에 말입니까?"

현장에서 주로 활동했기에 국진의 이야기를 듣자마자

울트라 코리아

남길은 어떤 상황인지 머릿속에 떠올리며 물었다.

"맞아. 자칫 납치하려는 자들이 도리어 다칠 수도 있어."

"그렇다면 전기 충격기를 사용하는 것은 어떻습니까?"

"전기 충격기?"

"예, 제아무리 강한 자라도 방심한 틈에 전기 충격을 받으면 그 자리에서 무장해제가 됩니다."

'아!'

그토록 고민한 것이 무색할 만큼 남길의 이야기를 듣자마자 바로 머릿속이 폭발하듯 고민거리가 해결되었다.

'내가 어째서 그 생각을 못 했을까.'

정면으로 부딪혀 제압할 생각만 하다 보니 해결책이 보이지 않았다.

그런데 남길의 이야기를 들으니 그 문제가 깔끔하게 해결되었다.

순간적으로 3만 볼트 이상으로 충격을 주게 되면 아무리 무력이 뛰어난 특수부대원이건, 야생의 맹수건 한 방에 제압이 가능했다.

솔직히 국진은 먼 거리에서 마취총을 사용하면 어떨까 싶은 생각도 해 보았다.

하지만 마취총을 사용하기에는 그 변수가 너무도 많았다.

영화나 드라마에서야 마취총을 쏘면 백발백중으로 맞아 얼마 가지 않아 대상이 쓰러지는 모습을 보이지만, 실전에서는 그렇지 않다.

마취총은 그 이름이 무색하게 총알이 아닌 주사기를 발사하는 것이다.

그 주사기에 맞은 대상은 주사액이 몸속에 주입되면, 그것이 작용하기까지 시간이 걸린다.

무엇보다 마취총이 마취만 하는 거라 위험하지 않은 것처럼 알 수도 있지만, 맞는 부위가 머리나 심장에 가까우면 자칫 심정지나 뇌정지로 죽을 수도 있다.

그렇기에 원거리에서 마취총을 쏘는 것은 불가였다.

더욱이 마취총에 사용되는 주사기에 약을 어느 정도 주입해야 대상이 마취될지도 알 수 없기에 이런 계획은 취소가 된 것이다.

그런데 남길이 전기 충격기를 언급하자 국진은 눈이 번쩍 뜨였다.

미처 자신은 생각지 못했다.

근거리에서 무력을 사용해 제압해야 한다는 편향된 생각에 빠져 있다 보니 생각지 못한 부분이다.

"대상이 방심하고 있을 때, 그냥 지나치다 가져다 대

는 것이니 긴장만 하지 않으면 충분히 성공할 수 있을 것입니다."

마치 쐐기라도 박듯 남길이 상황을 언급하며 말하였다.

"그렇지. 그럼 네가 한번 이번 작전을 진두지휘해 봐."

남길이 아이디어를 냈으니 아예 이번 작전에 대한 지휘를 그에게 맡기기로 하였다.

"알겠습니다. 그럼 제가 한번 작전을 짜 보겠습니다."

상급자인 국진이 자신에게 작전을 맡아 보라고 하자 남길은 자신 있는 표정으로 대답하였다.

*   *   *

압구정동의 한 건물 옥상에서 아래를 내려다보던 남길의 이어폰에 무전이 들려왔다.

— 타깃이 들어왔습니다.

"좋아. 그럼 준비해."

지시를 내린 남길은 고개를 밖으로 빼 타깃이 걸어오는 쪽을 확인했다.

저 멀리 주차 타워에서 나오는 타깃의 모습이 보이기

시작했다.

'뭐지?'

타깃을 확인하는 그의 눈에 이상한 모습이 포착되었다.

잠시 걸음을 멈추고 누군가와 통화를 하던 타깃이 전화기를 주머니에 넣더니 주변을 두리번거리며 천천히 걷는 것이 그의 눈에 들어왔다.

그런데 뭔가 좀 엉성했다.

지금 타깃이 하고 있는 행동은 마치 서울에 처음 상경하여 높은 빌딩들을 보고 놀라는 시골뜨기의 모습과 진배없었기 때문이다.

그 때문에 남길은 뭔가 속임수가 있는 것은 아닌가 하는 의심을 하였다.

하지만 타깃의 이상한 행동은 멈추지 않고 계속되었다.

'함정은 아닌 것 같은데, 무슨 이유지?'

― 팀장님, 들어갑니까?

한참 고민하고 있는 남길의 귀에 현장 팀에서 무전이 왔다.

'그렇지!'

타깃의 이상한 행동에 정신이 팔려 이유를 찾던 남길은 무전을 받고 정신을 차렸다.

무엇 때문에 저런 엉성한 행동을 하는지 이유를 알수는 없지만, 지금 자신들이 해야 할 것은 그걸 고민하는 게 아니었다.

"GO!"

더 이상 고민할 것이 아니라 지금은 행동할 때였다.

그렇기에 남길은 바로 작전 지시를 내렸다.

자신의 지시가 떨어지자마자 주변을 두리번거리는 타깃의 뒤로 빠르게 뛰어가는 팀원들이 보였다.

앞에서 천천히 걸어오는 두 명과 뒤에서 빠르게 접근하고 있는 두 명, 그리고 혹시나 만일의 사태를 대비해 차를 타고 이들의 근처로 접근하는 이들까지, 일목요연하게 그의 눈에 들어왔다.

'어? 성공했다.'

납치할 대상에 대한 정보를 듣고 긴장하며, 작전을 꼼꼼하게 준비했다.

하지만 그런 조심성이 무색하게 타깃은 너무도 손쉽게 제압되고 말았다.

뒤에서 접근하던 이들이 타깃의 옆을 지나치면서 준비한 전기 충격기를 옆구리에 가져다 대면서 첫 번째 작전이 끝났다.

전기 충격기에 당한 타깃의 근육이 전기 충격으로 풀리면서 쓰러지는 것을 앞에서 접근하던 이들이 급히 붙잡았다.

 그런 후, 바로 근처에 준비된 차량에 욱여넣었다.

 그렇게 목표한 타깃을 납치하는 데 소요된 시간은 작전에 들어간 지 불과 1분도 걸리지 않았다.

 '뭐야?'

 생각보다 너무도 쉬운 성공에 허탈하기까지 하였다.

＊　　　＊　　　＊

 수호는 눈을 떴다.

 하지만 보이는 것은 어둠뿐이었다.

 '뭐지? 여긴 어디지?'

 눈을 떠 주변을 살펴봤지만, 그의 눈에 들어오는 것은 어둠밖에 없었다.

 '보자기가 씌워져 있군.'

 얼굴에 느껴지는 감촉 때문에 자신이 어떤 상태인지 알 수 있었다.

 의식을 잃기 전에 느낀 짜릿한 충격, 그리고 얼굴에 드리워진 까칠한 천의 느낌, 또 등 뒤로 결박된 손을 생각해 보면 자신의 상태가 가히 짐작되었다.

 부우웅!

 정신을 차린 수호는 현재 자신이 납치되어 어디론가

가고 있음을 깨달았다.

'누굴까?'

자신을 납치한 이들이 누구일지 궁금해진 수호는 상황을 차분히 지켜보기로 하였다.

손이 뒤로 묶여 조금 불편하지만, 굳이 지금 상황을 빠져나갈 생각은 없었다.

아니, 차라리 자신을 향해 직접 나선 이들이라 속으로 다행이란 생각이 들어 지금은 참기로 했다.

어차피 지금 자신을 납치한 이들을 제압하는 것은 식은 죽 먹는 것만큼 쉬웠다.

하지만 자신을 납치하라 지시를 내린 배후를 알아내는 것은 그것과는 다른 문제다.

의지가 약하다면 바로 불 수도 있지만, 그렇지 않고 훈련을 받은 존재들이라면 쉽게 비밀을 내뱉지 않을 수도 있었다.

그럴 바에는 차라리 이대로 자신을 납치하라 지시한 이에게 가는 것이 훨씬 이득이었다.

그렇게 얼마를 달렸을까.

한 시간 정도 달린 차량은 속도를 줄이며 어디론가 들어가는 듯 느껴졌다.

'흠흠, 기름 냄새.'

차가 멈추자 수호의 코로 맡아지는 건 아주 오래된,

썩은 기름 냄새였다.

덜컹!

누군가 차에서 내리는 듯싶더니, 잠시 후 목소리가 이어졌다.

"꺼내."

'누구지? 어디서 들어 본 목소린데.'

익숙한 듯한 목소리이지만, 자주 들어 본 건 아닌지 누구인지 짐작할 수 없었다.

'슬레인.'

생각날 듯하면서도 정확하게 떠오르지 않는 목소리 때문에 신경이 쓰인 수호는 만능 집사인 슬레인을 호출했다.

하지만 어찌 된 영문인지 슬레인은 대답이 없었다.

'뭐지? 왜 슬레인과 연결이 되지 않는 거지?'

대한민국 어디든 자신이 호출을 하면 바로바로 나오던 슬레인과의 통신이 끊긴 것에 수호는 살짝 긴장되었다.

사실 지금 수호가 있는 건물은 한때 공장으로 사용하던 곳이다.

하지만 공장이 망해 버려진 것을 문성국이 사들여 이처럼 누군가를 납치했을 때 사용하기 위해 개조하였다.

그러다 보니, 서울에서 가까우면서도 전화 주파수나

라디오 주파수도 잘 통하지 않는 지역이었다.

뿐만 아니라 전파가 통하지 않게 납으로 둘러싸여 있기에 통신이 되지 않았다.

꽉!

슬레인과 통화가 되지 않아 긴장하던 수호는 팔을 누군가가 잡는 것을 느꼈다.

'아니지. 굳이 슬레인이 아니더라도 난 할 수 있다.'

순간, 수호는 문제 될 것이 없다고 여겼다.

무엇보다 이렇게 납치된 상황이 처음도 아니다.

작전을 하다 보면 일부러 적에게 납치되어 적진에 잠입한 적도 있다.

뿐만 아니라 적의 기만책에 휩쓸려 적진에 고립된 적도 한두 번이 아니었다.

그러니 슬레인과 연결이 안 된다고 해서 긴장할 필요는 없다.

이미 자신의 육체는 보통 사람과는 궤를 달리하고 있지 않은가.

이렇게 자신의 신체가 어떤지 떠올린 수호는 마음이 안정됨을 느꼈다.

'이제 누군지 한번 볼까?'

수호는 방심하고 있던 자신을 납치하도록 의뢰한 이들 중 누군가는 이곳에 있을 거라는 확신했다. 그리고 조금 뒤에 녀석과 보게 될 것이라 생각하니 괜히 흥분이 되었다.

자신을 납치한 이들의 정체를 밝히며 일망타진할 생각을 하니 새삼 감정이 고조된 것이다.

예전에는 이렇지 않았는데, 어느 순간부터 수호는 이렇게 위기에 처했을 때 긴장이 아닌 흥분으로 아드레날린이 급속히 흘러나왔다.

＊　　　＊　　　＊

— 비상! 비상!

커다란 지하실, 각종 전자 장비로 가득 차 있는 방에 요란한 경보음이 울렸다.

— 마스터의 바이털 사인이 불안정하다.

— 슬레인, 마스터의 바이털 사인에 이상이 발생했습니다.

— 마스터로부터 발신되는 신호가 예정된 경로를 벗어났습니다.

— 마스터께서 이동 중입니다.

— 신호가 사라졌습니다.

마스터와 통신을 끝낸 후, 연구를 하던 슬레인은 수호와 연동하는 보조 인공지능 슬레이브—1으로부터 경고 메시지를 받았다.

하지만 슬레인은 별달리 걱정하지 않았다.

지구상에 자신의 주인인 수호를 어떻게 할 수 있는 이는 존재하지 않기 때문이다.

그런데 슬레이브―1은 이상 신호를 계속해서 보내왔다.

그러다 급기야 마스터의 실종을 언급했다.

― 뭐야? 어떻게 된 거야?

슬레인은 급히 슬레이브―1을 호출해 물었다.

슬레이브―1의 정체를 정확하게 말하면, 수호의 왼쪽 손목에 착용하고 있는 스마트워치에 들어 있는 인공지능이었다.

슬레인이 자신의 신체를 만들기 위해 수호와 떨어져 있다 보니, 자신을 대신해 수호와 원거리에서 통신 및 지원을 할 수 있게 만들었다.

인공지능이라고 해서 특별한 능력이 있는 것이 아닌, 간단한 주변 탐사나 슬레인과 통신이 필요할 때 연결하는 기능, 그리고 스마트폰 기능을 하는 정도였다.

아무튼 그런 슬레이브―1의 가장 중요한 기능 중 하나가 바로 마스터인 수호의 바이털 사인 체크였다.

슬레인과 더불어 그가 만든 인공지능에게 가장 중요한 요소는 바로 마스터인 수호의 안전이었다.

그런 수호에게 이상 신호가 잠깐 잡혔고, 또 예정되어 있던 경로가 아닌 곳으로 급속히 이동하는 것은 마스터에게 이상이 생긴 것이라 할 수 있었다.

하지만 슬레인은 이 세상에서 마스터인 수호를 어떻게 할 수 있는 존재가 없다는 믿음이 투철했다.

그랬기에 자신의 마스터인 수호도 방심이란 것을 할 수 있다는 사실을 까먹었다.

인간은 모르거나 혹은 약해서 방심을 하는 것이 아니다.

자신이 알고 있다고 믿거나 강하다고 생각했을 때, 누군가가 자신을 해코지할 수 있다는 생각을 못 할 때 방심하는 것이다.

그리고 그 대가는 너무도 참혹한 결과를 가져온다.

이런 인간의 심리는 초인에 들어선 수호도 별수 없었다.

아니, 수호뿐만 아니라 그를 마스터로 두고 있는 인공지능 슬레인 또한 마찬가지였다.

너무도 인간적인 사고를 하는 슬레인이다 보니 그 또한 방심하고 말았다.

그 결과가 바로 마스터 수호의 실종이었다.

마음만 먹으면 대한민국은 물론, 지구상 모든 정보망을 들여다볼 수 있다는 자만을 갖고 있던 슬레인은 통

울트라 코리아

신을 방해할 수 있는 요인이 많다는 걸 간과했다.

— 지금 이 시간부로 모든 작업을 중단하고 마스터의 행방을 찾아라.

슬레인은 자신의 신체를 만들기 위해 돕고 있던, 보조 인공지능들의 작업을 중단시켰다.

그리고 모든 작업을 우선해 사라진 마스터(수호)의 수색을 명령하였다.

그러는 와중에도 슬레인은 빠르게 판단을 하였다.

신호가 끊긴 수호를 찾기 위한 작업은 다른 인공지능에게 맡기고 자신은 수호를 납치한 세력에 대해 생각하게 되었다.

그러자 떠오르는 가장 유력한 세력이 바로 얼마 전 회사에 들이닥친 문성국과 그 일당이었다.

아시아 평화 연구소라는 관변 단체로, 이들은 오랜 정보 조직에 몸담고 있던 자들로 정치권과 연루되어 각종 비리를 저지르다 자리에서 물러난 놈들이었다.

그리고 국가기관에서 벗어나 이제는 본격적으로 국내 방산업계에 빨대를 꽂아 피를 쪽쪽 빨고 있다.

— 마스터를 납치한 것은 그놈들이 확실할 거야.

범인을 낙점한 슬레인은 빠르게 어디론가 연락을 취했다.

자신의 마스터라면 어떤 상황에서도 충분히 혼자 힘

으로 빠져나올 수 있겠지만, 슬레인의 마음은 또 달랐다.

마스터에 대한 믿음은 굳건하지만, 슬레이브로서 타고난 임무가 마스터(수호)를 보조하는 것이다.

마스터의 안전을 지키는 것 또한 있었기에 슬레인은 수호와 인연이 있는 아레스에 연락을 하였다.

＊　　　　＊　　　　＊

두 팔과 다리가 플라스틱 타이에 묶인 수호는 차에서 내려져 창고 한가운데 놓인 의자에 앉혀졌다.

"이런, 꼴이 말이 아니군."

결박된 채로 의자에 앉은 수호를 본 문성국이 건들거리며 다가와 말을 걸었다.

전에 보았을 때와는 전혀 딴판인 문성국의 모습에 수호의 미간이 살짝 찡그려졌다.

너무도 가까이 얼굴을 들이밀며 말하다 보니 그의 입에서 엄청 구린 냄새가 확 풍겨졌기 때문이다.

"이거 무슨 평화 연구소 직원들이라고 하더니, 사람을 납치해? 이 새끼들, 완전 깡패잖아?"

수호는 자신의 앞에서 입 냄새를 풍기는 문성국을 보며 소리쳤다.

짝!

포박된 상태에서도 절대로 기죽지 않고 으르렁거리는 수호의 모습에 문성국은 화가 치밀어 따귀를 올려붙였다.

"윽!"

하지만 어찌 된 일인지 낮은 비명을 지른 것은 따귀를 맞은 수호가 아닌, 따귀를 때린 문성국이었다.

"괜찮으십니까?"

손목을 잡고 신음하는 문성국의 모습에 국진이 얼른 그의 곁으로 다가와 부축하며 물었다.

휙! 휙!

자신을 위로하는 김국진의 물음에 문성국은 차마 손이 아프다는 말을 할 수가 없었다.

괜히 부하들 앞에서 약한 모습을 보이기는 죽도록 싫었기 때문이다.

"괜찮아. 그나저나 이 새끼, 무슨 깡이지?"

보통 사람들, 아니, 군대를 다녀온 사람이라도 지금과 같은 상황이라면 당황하고 겁을 집어먹는 것이 일반적이다.

사실 국정원에 있으면서 지금과 같은 짓을 많이 해 봤다.

그래서 인간들의 심리에 대해 누구보다 잘 알고 있는

사람 중 하나가 바로 문성국과 김국진이다.

하지만 지금까지 어느 누구도 예외 없이 납치되고 손발이 묶인 상태에서 인적이 드문 곳에 혼자 덩그러니 놓이면, 백이면 백 두려움에 떨며 자신들에게 잘못을 빌었다.

그런데 눈앞에 있는 남자는 그렇지 않았다.

마치 '너희 따위가 감히'라는 듯 걱정이나 불안감 따위는 전혀 들어 있지 않은 무감각한 눈빛으로 자신들을 보고 있었다.

"이번 일이 너희 단독으로 벌인 것인가, 아니면 대동회 모두가 관여한 일인가?"

수호는 무감각하게 자신을 납치한 주체가 누군지를 물었다.

"어? 아니!"

스륵.

문성국은 자신의 손목을 잡고 있던 중 갑작스러운 수호의 질문에 놀라 갑자기 한 걸음 뒤로 물러났다.

뜻밖에도 수호의 입에서 자신의 측근인 김국진과 몇몇만 알고 있는 비밀 단체의 이름이 거론되었기 때문이다.

대동회는 그가 속한 비밀 조직으로, 정계는 물론이고, 재계까지 폭넓게 뿌리를 내리고 있으며, 대한민국 전반에 걸쳐 영향력을 행사하고 있었다.

그랬기에 심양컴텍의 주상욱 사장이 다른 것도 아닌, 국방과 관련된 납품 비리를 저질렀으면서도 별다른 처벌이나 벌금을 물지 않고 회사를 운영할 수 있었다.

또한 이제는 민간인임에도 불구하고 아시아 평화 연구소 직원으로 있는 김국진이나 직원들이 가스총이나 스턴건이 아닌 실제 권총을 가지고 있을 가능성도 무시할 수 없었다.

물론 권총의 존재가 외부에 알려지게 된다면 큰일이 벌어질 수는 있지만, 그것도 인맥을 통해 널리 퍼지지 못하게 단속하고 있는 중이다.

아무튼 이렇게 대한민국에 뿌리 깊게 자리하면서도 외부에는 그리 크게 알려지지 않은 대동회의 이름이 1년 전까지만 해도 군인이던 수호의 입에서 거론되자, 문성국으로선 당황할 수밖에 없었다.

"그 이름을 어떻게 알고 있는 것이지? 아니, 누구에게 들은 거야?"

문성국이 신경질적으로 고함을 지르며 물었다.

하지만 문성국이 고함을 지르든 화를 내든 아무 상관도 하지 않는 수호는 그저 자신의 할 말만 했다.

"목소리를 들어 보니 대동회와는 상관없이 욕심을 부려 혼자 움직인 것이군."

자신의 질문에 당황해 소리를 지르는 문성국을 보며 수호는 그렇게 판단했다.

원래부터 욕심이 많고 권력욕 또한 강한 문성국의 성격을 진작 슬레인에게 보고받았기에 혹시나 싶은 마음에 그를 떠본 것이다.

아니나 다를까, 문성국은 자신을 시험하는 것인지도 모르고 걸려들었다.

"그런데 자신은 있나?"

"뭐?"

느닷없는 질문에 문성국은 순간 그 말이 무엇을 의미하는지 인지하지 못했다.

"감당할 자신이 있냐는 거지."

다시 한번 자신의 뜻을 말하는 수호의 질문에 문성국은 그 진의를 여전히 파악하지 못해 고개를 갸웃거렸다.

너무 놀란 나머지 아무 생각도 나지 않았기 때문이다.

조금 전 수호가 말한 대동회란 조직은 자신이 소속된 비밀 단체였다.

그런데 조직의 이름을 정확하게 지적하였기에 당황하여 수호가 던진 질문에 숨어 있는 뜻을 받아들이지 못했다.

"하, 이런⋯⋯."

수호는 자신의 질문에 제대로 된 답을 하지 못하고 당황하는 문성국을 쳐다보며 고개를 흔들었다.

마치 답이 없다는 것처럼 무시하는 모습과 매우 흡사했다.

아니, 현재 그에 대한 수호의 판단은 우둔하고 멍청한 놈, 그 이하도 이상도 아니었다.

의자에 묶여 있는 수호의 행동에 문성국은 물론이고, 그의 옆에 서 있던 김국진도 어처구니없다는 표정을 지었다.

그리고 그 뒤에 밀려드는 분노를 주체할 수가 없었다.

"이런⋯⋯."

"이⋯⋯."

퍽! 퍽퍽!

자신의 앞에서 이처럼 방자한 모습을 보인 이는 지금까지 한 번도 없었다.

그게 자신의 조직에 있는 상급자라 하여도 말이다.

자신은 한때 대한민국의 국내 정보를 좌지우지하던 권력자였다.

현대 사회에서 정보는 바로 힘이고 권력이다.

국정원장은 겉으로 보기에 위로도 권력자가 없고 경

쟁자 또한 없는 것처럼 보이지만, 정치권에서는 임명하는 허수아비나 다름없었다.

국정원에서 서열은 국외 정보 파트인 1과가 앞서 있는 것처럼 보이지만, 외국과 다르게 대한민국은 국외 정보보다 국내 정보를 분석하고 파악하는 2과가 더 큰 권력을 가지고 있었다.

이는 대한민국이 다른 나라와 다르게 남과 북이 갈라져 전쟁을 벌인 전력이 있고, 또 전쟁이 끝난 상태가 아닌 휴전을 하고 대치하고 있기에 그러한 것이다.

즉, 체제를 유지하기 위해 국외 정보보단 국내 정세를 살피는 것이 어느 것보다 우선했기에 벌어진 결과다.

물론 지금은 그런 2과의 수장에서 물러난 상태이지만, 문성국은 아직도 자신이 국정원에 영향력을 가지고 있다고 믿고, 또 실제로도 많은 영향을 발휘하고 있었다.

그런 자신을 무시하는 듯한 수호의 태도에 화가 난 그는, 수호를 향해 분노가 담긴 발길질을 하였다.

그렇지만 요란한 소음과 다르게 수호는 그 어떤 타격도 입지 않았다.

비록 평소 입고 다니던 방탄 슈트를 입고 있지 않아도 말이다.

"헉! 헉!"

한참 폭행을 하던 문성국은 제 분에 못 이겨 난타하던 걸 멈추고 가쁜 숨을 내쉬었다.

툭!

문성국이 폭행을 멈추고 숨을 헐떡이고 있을 때, 아주 작은 소음이 들렸다.

마치 줄이 끊어지는 듯한 아주 작은 파열음이었다.

"어?"

창고 안 주변을 두르고 있던 김국진의 부하들 중 하나가 작게 당황하며 소리를 냈다.

그도 그럴 것이, 문성국에게 무차별 폭행을 당한 수호가 자리에서 일어났기 때문이다.

분명 자신이 납치를 할 때, 수호의 손과 발을 묶었다.

그리고 이곳에 도착하여 차에서 꺼낼 때도 확인한 사실이다.

그런데 지금 플라스틱 타이로 묶인 손과 발을 풀고 자리에서 일어나는 수호의 모습을 보며 믿을 수 없다는 표정을 짓고 당황하였다.

보기에는 쉬워 보이지만, 플라스틱 타이는 쉽게 끊어지는 물건이 아니다.

처음에는 난잡한 전선이나 줄을 정리하기 편하도록 개발되었지만, 일정 굵기 이상이 되면 쇠로 된 수갑보다 더 신체를 구속할 수 있는 도구라는 것이 알려지면서 외국에서 널리 쓰이고 있다.

실제로도 수갑을 풀고 도망친 범인의 숫자는 많지만, 플라스틱 타이로 결속된 범인이 도주를 한 사례는 적었다.

더욱이 수갑은 눈에 잘 띄지만, 플라스틱 타이는 휴대성이 편리해 경찰들도 범죄 단체 검거 때 많이 애용한다.

아무튼 이런 이유로 수호를 납치할 때 사용한 플라스틱 타이를 확인하던 이들은 수호의 손발을 구속하던 플라스틱 타이가 끊어져 바닥에 떨어져 있는 것을 보자 신속히 수호에게 달려들었다.

다다다.

하지만 그들은 달려오는 속도보다 더 빠르게 뒤로 팅겨 나갔다.

퍽! 퍼벅!

파지직!

그런데 이상한 현상이 벌어졌다.

'뭐지?'

다른 사람들은 몰랐지만, 수호는 확실하게 느꼈다.

자신이 납치범들을 향해 주먹을 내지르자 주먹에서 전기가 번쩍이는 것이 보였다.

처음에는 그저 작은 느낌이었다.

겨울철 옷감들이 부딪히며 정전기가 발생하는 것과 비슷한 느낌 정도였는데, 주먹을 내지를 때 기합과 함께 타격점을 맞히자 순간적으로 정전기 정도가 아닌 전기가 발생한 듯 주먹을 감싸는 걸 눈으로 보았다.

'어떻게 이런 일이……'

수호는 속으로 당황하면서도 자신이 해야 할 일은 잊지 않았다.

자신을 향해 달려드는 납치범들을 향해 간결하게 움직이며 급소인 명치에 주먹을 꽂아 주었다.

윽!

공평하게 주먹을 맞은 납치범들은 달려오기 무섭게 뒤로 날아가 쓰러졌다.

그런 부하들의 모습에 문성국과 김국진은 크게 당황했다.

비록 특수부대원에 미치지는 못하지만, 그래도 위탁 교육을 받아 보통 사람과는 차별되는 이들이었다.

하지만 그런 부하들이 10여 명이나 달려들었음에도 단 한 방에 나가떨어지는 모습은 정말 믿을 수가 없었다.

"아니, 어떻게……"

"저런……"

창고에 서 있는 사람이라고는 앞에 있는 수호와 자신들 둘뿐이란 걸 확인한 문성국과 김국진은 놀라 꼼짝도 하지 못했다.

2. 주한미군 군수 지원부

국진은 지금 상황이 좀처럼 이해되지 않았다.

분명 조금 전까지만 해도 자신의 앞에 서 있는 사내는 자신들이 납치해 온 타깃이었다.

그런데 이곳에 온 지 얼마 지나지 않아 상황이 역전되고 말았다.

납치된 단 한 사람에 의해 10여 명이나 되는 자신들이 도리어 제압되고 묶인 상태가 되었다.

아무리 특전사 출신이고, 또 아프가니스탄에서 실전을 겪은 역전의 용사라 하지만, 이건 말이 되지 않았다.

자신들이 비록 앞에 서 있는 자처럼 전장을 경험한

것은 아니지만, 자신들도 또 다른 의미의 전장에서 피말리는 작전을 경험하였다.

그렇기에 한 번도 자신들이 부족하다고 생각지 않았다.

하지만 지금의 현실은 그렇지 않았다.

무엇이 잘못된 것인지 비무장 상태의, 그것도 완벽하게 제압되어 있던 상대에게 무기를 든 자신의 부하들이 제압되기까지 불과 3분이라는 시간밖에 걸리지 않았다.

또 자신과 상관까지 제압되는 건 그 절반의 시간도 걸리지 않았다.

아니, 이만한 수의 일반인을 제압하는 것도 이보다 더 오래 걸릴 터인데, 눈앞의 사내는 그런 일반 상식을 깨 버리는 컬쳐 쇼크를 가져다주었다.

그 증거로 자신의 상관은 멍한 표정으로 정신을 차리지 못하고 있었다.

우웅!

저벅저벅.

창고 밖에서 작은 소음이 들리자 수호가 의자에서 일어나 밖으로 나갔다.

'지원군이 온 것인가 보군. 아레스인가.'

국진이 생각할 때, 납치된 정수호를 구하기 위해 올

곳이라고는 아레스뿐이라 생각했다.

그렇게 생각할 수밖에 없는 것이, 다른 어느 곳도 정수호와 연관성이 없었기 때문이다.

그에 반해, 아레스는 정수호가 고문으로 등록되어 있는 것은 물론이고, 그곳의 사장이나 간부들 대부분이 수호가 군에 있을 때 함께한 지휘관이나 동기 내지는 후임들이었다.

그러니 정수호가 납치되었다는 소식이 들어가자마자 출동했을 것이라 판단하였다.

*　　　*　　　*

따르릉!

슬레인과 통화가 되어 부탁한 물건이 도착했기에 그것을 받으러 창고를 나왔다.

그 순간, 전화벨이 울렸다.

"응, 혜윤아. 미안해서 어쩌지."

전화를 건 상대는 바로 플라워즈의 리더인 혜윤이었다.

지방 행사가 예정보다 늦게 끝나는 바람에 약속 시간에 늦었다.

급하게 약속 장소로 오기는 했지만, 먼저 도착해 있

을 거라 생각한 수호의 모습이 보이지 않자 연락을 해 온 것이다.

"내가 급한 일이 생겨 지방에 오게 되었는데, 전화가 잘 터지지 않는 곳이다 보니 이야기한다는 것을 깜빡했다."

자신이 문성국 일당에게 납치되는 바람에 약속을 지키지 못하게 된 변명을 하였다.

"그래, 한 달 정도 걸릴 것 같은데, 내가 볼일이 끝나면 다시 회사로 연락할게."

어찌 되었든 약속을 지키지 못하게 된 건 자신의 잘못이었다.

이번 약속 역시 자신이나 플라워즈가 스케줄로 바빠 관계가 소원해지는 것 같아서 일부러 잡은 약속인데, 또 이렇게 되니 너무 미안했다.

"어, 동생들에게도 약속을 지키지 못해서 미안하다 전해 줘. 미안해, 정말로."

수호는 정말로 진심을 담아 사과하였다.

탁!

통화를 마친 수호는 굳은 표정으로 자신도 모르게 창고 안에 있는 문성국과 그 일당들을 노려보았다.

그리고는 발걸음을 옮겨 밖으로 나갔다.

창고 앞에는 자신의 바이크가 주차되어 있었다.

자신의 바이크, 우라노스가 이곳에 있는 것은 다름 아니라 슬레인이 수호와 통화 연결을 성공했기 때문이다.

자동 주행 모드로 방배동에 있는 집으로부터 이곳까지 우라노스는 운전자 없이 왔다.

덜컹!

수호는 우라노스의 공구 박스를 열어 그 안에서 작은 상자 하나를 꺼냈다.

그러고 나서 그것을 가지고 다시 창고 안으로 들어갔다.

*　　　*　　　*

끼익!

창고 문이 거친 쇳소리를 내자 창고 안에 널브러져 있던 사내들의 시선이 문 쪽으로 몰려들었다.

'올 것이 왔군.'

김국진은 침을 꿀꺽 삼켰다.

그의 눈에 창고 안으로 걸어오는 수호의 모습이 들어왔다.

하지만 아무리 기다려도 그 뒤를 따라 들어오는 이는 없었다.

'뭐지?'

분명 누군가 오는 소리가 들렸다.

그래서 국진은 예전에 자신들이 그러던 것처럼 청소부가 왔을 것이라 판단하였다.

그런데 시간이 지나도 청소부의 모습이 보이지 않아 의아했다.

척!

창고로 들어온 수호는 자신을 납치하라 사주한 문성국의 앞에 섰다.

시간이 어느 정도 지나서 정신을 차린 것인지, 아니면 그래도 우두머리라고 정신력이 강해 정신을 차린 것인지 알 순 없지만, 잠깐 창고를 벗어났다 돌아오자 문성국은 정신이 말짱해진 것처럼 보였다.

"하, 너희가 깡패 새끼들도 아니어서 어떻게 처리할까 고민 좀 해 보았는데…….."

수호는 이들을 어떻게 해야 할지 정말로 고민을 많이 하였다.

만약 이들이 속초의 깡패 조직이던 창호파와 같거나 비슷했다면, 아무 고민도 하지 않고 모두 죽여 그 누구도 모르는 곳에 묻어 버렸을 것이다.

그렇지 않아도 이곳 창고 주변에 그런 장소는 꽤 많았다.

그도 아니면, 창고 한쪽에 있는 폐목재 처리기와 그 옆에 있는 소각로를 이용해 처리할 수도 있었다.

하지만 문성국과 그 부하들을 그렇게 처리할 수는 없었다.

대한민국에서 이들의 영향력은 속초시의 깡패 조직과 너무도 차이가 났기 때문이다.

막말로 아무리 거대한 깡패 조직이라 해도 그들이 사라지는 것에 관해 신경을 쓰고 찾는 이는 그리 많지 않았다.

기껏 해 봐야 그들의 직계 가족이나 그들을 전담하고 있던 형사들 정도가 끝일 것이다.

담당 형사들도 시간이 조금만 흘러도 보이지 않는 깡패들을 찾겠다고 계속 수사를 하지는 않는다.

실제로 수호가 처리한 창호파의 실종에 대해 속초시의 형사들 조사는 한 달 전쯤 완전 종결되었다.

어떻게 보면 속초시의 정치권과 연관이 있어 조금 더 조사할 수도 있었겠지만, 아이러니하게도 그들 때문에 오히려 추적하는 것이 빠르게 종결되어 버렸다.

괜히 창호파의 실종 수사가 장기화되면 자칫 깡패들과 정치인들이 손잡고 불법적인 사업을 하려던 것이 드러날 수도 있었기 때문이다.

그런 이유로 실종 신고가 접수되고 몇 달 되지도 않

아 경찰이나 검찰도 창호파가 무슨 이유인지 모르겠지만, 외국으로 밀항한 것으로 추측하곤 수사를 종결지었다.

그런데 문성국이나 아시아 평화 연구소 소속인 이들이 실종된다면, 창호파가 사라진 것과는 비교도 되지 않게 문제가 커질 수 있었다.

그도 그럴 것이, 이들은 한때 대한민국에서 가장 많은 정보를 다루던 국가정보원에 소속되어 있던 공무원들이다.

그것도 상당히 높은 자리에 있던, 어떻게 보면 국정원 서열 2위와 그 직속 부하들이던 이들이기에 이들의 실종은 단순 실종으로 처리되지 않을 게 분명했다.

뿐만 아니라 국정원에서 물러난 뒤에도 문성국은 '아시아 평화 연구소'라는 요상한 단체를 만들어 정치권과 깊은 연관을 맺고 있었다.

그러니 이들이 사라지게 되면 분명 어떻게든 조사가 이루어질 것이고, 그러다 보면 자칫 자신의 정체가 부각될 수도 있었다.

물론 자신의 정체가 드러나는 것은 별문제가 되지 않는다.

하지만 자신의 주변 사람들과 아버지, 어머니가 외부에 노출되는 것은 극히 꺼려졌다.

그도 그럴 것이, 자신이 지금까지 만들어 온 것이 문제될 수 있었기 때문이다.

이것을 어떻게 사용하느냐에 따라 사회에 큰 영향을 줄 수도 있었다.

실제로 문성국 일당이 가치를 알아보고 달려들지 않았는가.

이번에야 자신을 직접 노렸기에 빠져나올 수 있었지만, 조금 더 치밀하거나, 아니면 문성국의 조직보다 더 거대한 조직이 음모를 꾸몄다면 자신은 몰라도 자신의 주변인들은 어쩌면 큰일을 당했을 수도 있었다.

그렇기에 그런 일이 벌어지지 않게 준비해야만 한다.

하지만 아직 자신에게는 시간이 부족했다.

그렇게 부족한 시간을 벌기 위해 고민하다 보니 굳이 문성국 일당을 죽이지 않고, 또 자신도 준비할 시간을 벌 방법이 떠올랐다.

그것은 바로 자신이 이들을 수족처럼 부리는 것이다.

그럴 수만 있다면 앞으로 자신이 해야 할 일에 많은 도움이 되지 않을까 싶었다.

분명 어느 방면이든 도움은 되리라.

그런 생각이 들자, 수호는 바로 슬레인에게 전화를 걸었다.

마침 수호가 납치된 것을 알고 여러 방면으로 노력하

던 중에 그가 보낸 신호가 잡히자, 슬레인은 곧바로 연결을 하고 통화하였다.

그렇게 통화를 마친 슬레인은 수호의 애마인 우라노스를 자율 주행 모드로 운전을 하여 이곳 창고로 보낸 것이다.

물론 수호가 필요하다고 한 물건을 공구 박스에 넣어서 말이다.

탁!

창고 안 한쪽에 덩그러니 놓여 있는 작은 테이블을 가져다 문성국 일당이 있는 곳에 놓고, 수호는 그 위에 우라노스의 공구 박스에서 가져온 작은 금속 케이스를 올려놓았다.

'뭐 하는 거지?'

수호가 하는 모습을 묶인 상태로 지켜보던 사람들은 이상한 생각이 들었다.

'엇!'

손바닥보다 조금 큰 상자에서 수호가 꺼내 든 것은 권총 모양의 주사기였다.

"이게 뭔지 아는 눈치군."

자신이 꺼내 든 권총 모양의 주사기를 보고 놀라는 사내들에게 작게 중얼거렸다.

"그것으로 뭘 하려는 것이지?"

문성국은 굳은 표정으로 수호의 손에 들린 주사기를 보며 소리쳤다.

"응, 별거 아냐."

수호가 빙그레 미소 지으며 작게 중얼거렸다.

하지만 너무도 가까이 있었기에 수호의 표정이나 목소리를 듣지 못한 이는 아무도 없었다.

"너희가 깡패 같은 행동을 하기는 했지만, 깡패가 아니라서 처리하는 데 많은 고민을 했어."

자신이 무엇을 할지, 어떤 고민을 하고 있는지 작게 중얼거렸지만, 이를 듣고 있는 이들이 어떤 심리 상태일지 잘 알고 있었다.

아니, 수호는 지금 일부러 공포 분위기를 만들고 있었다.

평범하게 해서는 절대로 자신의 말을 따르지 않을 것이 분명했고, 또 고문 같은 것에 훈련을 받았을 것이기에 수호는 다른 방법으로 이들을 위협하고 세뇌하는 중이었다.

그러기 위해 분위기를 조성하고 목소리 또한 평소와 다르게 낮고 은근하게 사람들의 뇌리에 깊게 새겨지도록 조작했다.

그리고 자신의 말을 듣지 않았을 때 어떻게 되는지도 설명하였다.

"여기 캡슐에 들어 있는 것은 위치 추적기야. 그리고 반대쪽에 있는 것은……."

권총형 주사기에 작은 마이크로캡슐을 넣으며 설명하였다.

"리신이 들어 있다. 만약 너희가 내 말을 듣지 않을 때는 원격으로 캡슐을 파괴해 버릴 거야."

수호는 경고와 함께 아직 주사기에 장전하지 않은 캡슐 하나를 문성국의 앞에 내려놓았다.

핏!

수호가 던진 캡슐은 문성국이 앉아 있는 1m 앞에 떨어졌다.

그러자 작은 소음과 함께 유리로 된 앰플 부분이 깨지며, 그 안에 들어 있던 소량의 액체가 밖으로 유출되었다.

"음……."

마이크로캡슐에서 흘러나오는 액체를 보고 문성국과 그 일당들 모두 작은 신음을 흘렸다.

국정원 출신인 이들은 누구보다 리신이란 물질의 위험성을 잘 알고 있었다.

이들이 리신에 대해 잘 알고 있는 것은 아이러니하게도 이들이 국정원에 있을 때 많이 사용하던 독이었기 때문이다.

식물에서 축출할 수 있는 가장 강력한 독 중 하나인 리신은 극소량으로도 사람을 해칠 수 있는 무서운 물건이었다.

사용도 간단하고 휴대성도 편리해 세계의 많은 정보 집단이나 암살자들이 애용하는 독이 바로 리신이다.

지금 눈앞에 보이는 앰플 속에 있는 양만으로도 사람 몇은 죽이고도 남을 터였다.

그러니 이를 눈앞에서 보고 있는 문성국이나 사내들은 긴장하지 않을 수가 없었다.

"앞으로 내 말을 잘 따라야 할 거야."

수호는 말과 함께 묶여 있는 이들 한 명, 한 명의 허벅지 안쪽에 마이크로 칩을 심었다.

원래는 손목이나 팔뚝, 아니면 어깨에 칩을 심을 생각이었는데, 생각을 바꿨다.

국정원과 같은 정보 조직에 속해 있던 사람들은 하나같이 독종들이다.

그런 이들에게 평범한 사람처럼 손목이나 팔뚝과 같은 부위에 마이크로 칩을 삽입했다가는 칩이 삽입된 신체 부위를 절단해 안전을 도모할 수도 있었다.

그렇기에 그런 시도를 할 수 없는 곳을 생각하다, 결국 허벅지 바로 안쪽 남성의 성기와 가까이 있는 부위를 생각해 낸 것이다.

마이크로 칩의 영향에서 벗어나기 위해 신체 절단을 시도하다 자칫 성기를 다칠 수도 있고, 또 허벅지 안쪽은 많은 대동맥이 자리하고 있기에 칼을 잘못 댔다가는 대동맥에 상처를 입어 생명을 잃을 수도 있었다.

그래서 수호는 허벅지 안쪽 대동맥이 지나가는 그 사이에다 마이크로 칩을 집어넣은 것이다.

수호가 마이크로 칩을 삽입하는 과정은 겉으로 보기에 마구잡이로 하는 것 같지만, 실제로는 그렇지 않았다.

마이크로 칩은 슬레인의 보조를 받아 정확한 위치에 삽입되었다.

문성국을 필두로 김국진과 그 부하들까지, 모두 열네 명에게 위치 추적기와 리신이 들어 있는 마이크로 칩을 주입시켰다.

모든 작업을 마친 수호는 문성국과 김국진을 따로 불렀다.

"너희가 속한 조직에 대해 모두 말해."

대충 문성국이 속한 조직에 대해선 조사되어 있지만, 확실하지는 않았다.

아무리 슬레인의 조사가 정확하다 하지만, 유, 무선을 통해 조사하다 보니 불필요한 내용이 들어 있는 경우도 있기 때문이다.

그래서 슬레인이 조사한 내용과 문성국과 김국진이 서면으로 진술한 내용을 비교하여 정확한 정보를 취합하려는 것이다.

수호가 이렇게 문성국이 속한 조직에 대한 관계도를 알아내려는 것은, 이들 조직을 손에 넣어 자신의 이상을 펼치는 데 도움을 받기 위해서였다.

물론 그 도움이란 것은 상호 이익이 아닌 수호의 일방적인 이득을 뜻하는 것이다.

그런 수호의 말에 문성국은 심각한 표정이 되었다.

그도 그럴 것이, 자신이 속한 대동회에 대해 수호가 어디까지 알고 있는지 알 수가 없었고, 또 자신이 조직에 대한 비밀을 밝혔을 때 조직으로부터 어떤 보복을 받을지 알 수 없었기 때문이다.

＊　　　＊　　　＊

마이크로 칩이 삽입된 문성국과 김국진은 딱히 죽는 게 두렵지 않았다.

하지만 치욕스럽게 죽는 것만큼은 정말 싫었기에 수호의 말을 순순히 따르기로 했다.

문성국과 김국진에게 심어진 마이크로 칩은 자체적으로 특정 신호에 의해 자폭 모드가 삽입되어 있었다.

그 때문에 두 사람이 딴마음을 먹게 된다면, 사타구니에 삽입된 칩이 폭발하면서 약물이 작용하게 된다.

수호와 슬레인은 칩을 삽입한 이들이 쉽게 목숨을 잃지 않게끔 치사량 직전의, 소량의 약물만 넣어 두었다.

그러니 마이크로 칩이 작동을 해도 바로 죽지는 않는다.

다만, 약물이 퍼진 사타구니 주변은 근육과 피부가 괴사할 테고, 또 혈관을 통해 약물이 돌아다니며 죽기 전까지는 계속 고통을 줄 것이다.

응급처치로 목숨을 건진다 해도 고통은 그때부터란 소리다.

차라리 총에 맞아 그 자리에서 죽거나, 혹은 폭발로 바로 죽는다면 짧은 고통과 편안한 안식이 따르겠지만, 수호가 심은 마이크로 칩은 그렇지 않았다.

그러한 사실을 듣게 된 문성국과 김국진은 물론이고, 수호의 납치에 가담한 아시아 평화 연구소 직원들은 모두 같은 운명에 묶이게 되었다.

이에 문성국과 김국진, 두 사람은 하는 수 없이 수호가 지시한 대로 그들이 알고 있는 모든 것을 문서로 작성해야 했다.

그리고 두 사람이 제출한 정보를 받은 수호는 비교, 분석하기 시작했다.

탁!

읽고 있던 서류를 책상에 소리가 날 정도로 거칠게 내려놓은 수호는 미간을 찌푸리며 소감을 말하였다.

"하, 이번 일이 그자로 인해 벌어진 일이란 말이지."

문성국이 작성한 종이에는 분명 그렇게 적혀 있었다.

방위사업청에서 발주한 전략 물자 지원 사업의 일환인 방탄복 및 방탄 스프레이 취득에 대한 사업을 주상욱 심양컴텍 사장이 알게 되고, 이 사실을 들은 문성국 자신이 욕심을 내 벌인 일이란 것이다.

사실 이런 일이 한두 번이 아니기에 문성국의 입장에서 생각해 보면 당연하다 할 수 있었다.

같은 조직에 속한 주상욱이 정보를 처음 가져왔을 때, 사업 규모를 듣고는 망설였다.

하지만 조사하는 과정에서 이번 방위사업청의 사업을 취득한 기업이 지금까지 듣도 보도 못한 작은 규모의 신생 기업이란 것을 알게 되었다.

만약 SH화학이 좀 더 규모가 큰 회사이거나 이름이 조금 알려진 회사였다면, 문성국이 이렇게 단독으로 수호를 납치하려고 하진 않았을 것이다.

그런데 알고 보니 비록 직원 수가 50명도 되지 않지만, 기술력만큼은 가지고 있는 회사라는 것을 알고 욕심이 생겼다.

물론 처음에 정보를 가지고 온 주상욱 심양컴텍 사장으로부터 항의가 들어오긴 했지만, 문성국은 그것을 가볍게 무시하였다.

만약 정보를 가져온 이가 주상욱이 아닌 그날 모임에 있던 채낙연 의원이나 신준식 의원이었다면 그런 선택을 하지는 않았을 것이다.

하지만 어찌 되었든 자신보다 못하다고 생각하던 자가 가져온 정보였기에 그럴 수 있었다.

다른 한편, 자신이 벌이고 있는 일에 문성국이 욕심을 부린 이유가 회사 규모가 작은 것에 있었다는 걸 생각하니 수호는 화가 치밀었다.

이는 자신이 미처 생각지 못한 빈틈이란 것을 뒤늦게 깨달았다.

만약 문성국이 아니라 다른 조직이었다면, 어떤 일이 벌어졌을지.

아시아 평화 연구소 같은 작은 사조직이 아닌, 자국의 이익을 위해서라면 무슨 짓이든 거리낌 없이 행하는 미국, 혹은 CIA이 이번 상대였다고 가정해 보았다.

그러자 소름이 등줄기를 타고 흘렀고, 수호는 자신도 모르게 몸을 떨었다.

'그들이라면…… 늦었을까?'

수호는 쿵쾅거리며 펄떡이는 심장을 가다듬으며 계산

해 보았다.

늦었을까, 아니면 아직 늦지 않았을까.

진지하게 고민해 보았지만 알 수가 없었다.

이에 수호는 만능 집사인 슬레인을 불러 물어보기로 하였다.

"슬레인, 넌 어떻게 생각해? 미국도 알고 있을까?"

주어가 빠져 있기는 하지만, 이미 인간 이상의 지능을 가지고 사고하는 슬레인이기에 마스터인 수호의 질문이 무엇을 뜻하는 것인지 모르지 않았다.

[미국이라면 이미 알고 있을 것입니다.]

슬레인도 그렇게 판단을 하고 수호 자신도 미국 정도라면 자신이 방위사업청에 방탄 스프레이를 가지고 들어갔을 때, 이미 그런 정보를 알고 있었을 것이다.

아무리 자신이 보안을 철저히 했다고는 하지만, 사실 방탄 스프레이에 대한 정보가 새어 나갔을 곳은 많았기 때문이다.

회사에서, 아레스에서, 그리고 방위사업청에서 말이다.

특히 방위사업청에서 정보가 새어 나갔을 것이 빤했다.

그러니 심양컴텍의 사장인 주상욱이 대동회에 그런 정보를 가져갔을 것이다.

"그럼 조만간 미국에서도 뭔가 반응이 오겠군."

수호는 심양컴텍의 주상욱 사장으로 인해 문성국이 움직인 것처럼, 방탄 스프레이에 대한 정보를 취득한 미국도 분명 반응이 올 것이라 예상했다.

[조만간 미군이 SH화학에 들를 것이라 예상됩니다.]

슬레인은 자신이 취득한 미국의 움직임을 수호에게 보고하였다.

"뭐?"

[미국은 마스터께서 방위사업청에 들어가기도 전에 이미 방탄 스프레이에 대한 정보를 취득해 있었습니다. 하지만 방위사업청에서 정보가 새어 나가면서 문성국이 움직이자 잠시 관망을 한 것뿐입니다.]

"아."

자국의 이익에 관해서는 누구보다 빠르게 움직이는 미국이 아직까지 소식이 없던 것은 그런 이유가 있었다.

문성국이나 다른 조직이 SH화학에게서 사업권이나 특허를 넘겨받으면 그것을 가지고 천천히 협상하면 되었기 때문이다.

아니, 문성국이 SH화학으로부터 그 둘을 가져갔다면 미국의 입장에선 더 좋은 일이었다.

그렇기에 먼저 나서서 협상을 하지 않고 문성국이 일을 벌일 때까지 기다린 것이다.

성공하게 되면 문성국과 협상하여 우선적으로 물량을

넘겨받으면 되고, 만약 일이 틀어졌을 때는 처음 계획대로 SH화학과 정상적으로 계약을 하면 되는 것이다.

어느 쪽이든 미국의 입장에선 나쁠 것이 없었다.

*　　　*　　　*

"하하하! 여기서 무공훈장을 받은 영웅을 보게 되다니, 정말로 영광입니다."

존 슐츠 주한미군 군수 지원부의 부장인 예비역 대령은 수호를 보고 환하게 웃으며 악수를 청하였다.

"반갑습니다."

자신을 향해 환호하는 존 슐츠 부장을 보며 수호는 담담한 표정으로 맞아 주었다.

지금 두 사람이 이렇게 만나게 된 것은 SH화학에서 군에 납품하는 방탄 스프레이 때문이었다.

물론 존 슐츠 부장의 입장에서는 여건이 된다면 SH에서 군에 납품하는 신형 방탄복도 받고 싶지만, 여건이 되지 않기에 그건 빼고 방탄 스프레이만이라도 받아볼 요량이었다.

하지만 협상은 쉽지 않았다.

우선적으로 대한민국군에 납품할 물량도 아직 확보되지 않은 상태에서 그보다 규모가 큰 미군에 납품을 한다는 것은 사실 요원한 일이다.

물론 국군과 맺은 납품 수량을 모두 완료한 뒤, 미군에 납품을 하면 되지 않느냐고 할 수도 있다.

하지만 미군이 원하는 것은 느슨한 게 아닌 바로 계약과 동시에 납품을 시작하는 것이다.

그러다 보니 협상은 지지부진해졌다.

어찌 되었든 먼저 계약을 체결한 대한민국군에 납품 완료한 후에 다른 나라와 계약을 할 수 있다는 것이 SH화학의 입장이었고 방탄 스프레이를 개발한 수호의 뜻이었다.

개발자인 수호가 강력히 주장하는 일이기에 아무리 SH화학이 미군과 납품 계약을 했다고 해도 사장인 수호의 둘째 큰아버지 정상현도 어쩔 없었다.

이런 뜻을 진즉에 미군 측에 전달했기에 군수 지원부 부장인 존 슐츠 예비역 대령이 이렇게 직접 수호와 협상을 위해 찾아온 것이다.

그런데 뜻밖에도 수호가 단순한 학자가 아니라 원래는 대한민국에 있는 특수부대의 부사관이었으며, 아프가니스탄에 파견되어 실전을 경험한 것은 물론, 미군에서도 그 무공을 인정해 무공훈장을 수여했다는 것을 알게 되었다.

존 슐츠는 이런 정보를 알게 되자 조금이나마 협상을

원만하게 꾸려 나가기 위해 찬사를 보냈다.

뭐, 존 슐츠가 100% 그런 의미에서만 수호에게 그러는 것은 아니었다.

그 또한 미군 해병대 출신으로, 아프가니스탄과 이라크에서 전쟁을 경험하였기에 중동에 파견된 대한민국의 특수부대원들이 얼마나 대단한 실력을 가지고 있는지 아니까 그러는 것이기도 했다.

"아프가니스탄…… 저도 200X년에 그곳에 있었는데, 당시에는 탈레반 군과……."

존 슐츠는 바로 협상하는 것보단 좀 더 수호와 유대감을 형성하는 편이 협상에 도움이 되겠다는 판단에 오래전 자신이 아프가니스탄에서 근무하던 이야기를 하였다.

이는 협상 대상과 자신이 공통분모가 있기에 동류라는 유대감을 형성하여 협상에 유리한 고지를 점령하는, 아주 고난이도의 협상 스킬이었다.

물론 그렇다고 수호가 그에게 넘어가 손해를 볼 정도로 정신력이 무르지는 않았다.

"그렇지요. 민가에 숨어든 테러범들이 기습을 할 때면……."

수호는 존 슐츠의 이야기에 동조하면서 그의 눈을 주시했다.

분명 결정적인 순간에 자신에게 유리한 협상을 위해 뭔가 움직임이 있을 것을 알고 있기에 그 순간을 포착하기 위해 지켜보는 것이다.

그러면서 슬쩍슬쩍 슐츠의 이야기에 동조하기도 하고, 또 자신에게 유리하도록 이야기를 유도하기도 했다.

하지만 수호가 자신의 이야기에 동조하는 부분에 고무된 슐츠는 이를 이상하게 생각하지 않았다.

아니, 이야기가 길어질수록 점점 자신도 모르게 수호에게 물들어 갔다.

"나라를 위해 전쟁터에 파견된 애국자들을 생각하면 그들을 무사히 고국과 가족들의 품으로 돌려보내는 것이 미국의 책임이라 하겠습니다."

수호는 아프가니스탄, 그리고 이라크 등 화약고나 다름없는 곳에 파견되어 벌써 몇 십 년이나 계속되는 전쟁 속에서 목숨을 잃고 있는 미군들을 생각하며 이야기를 꺼냈다.

사실 이건 미국 행정부의 딜레마였다.

미국이 이익을 위해 그러한 것은 쏙 빼놓고 중동의 평화를 위해 세계의 경찰인 미국이 나선다는 명목으로 중동의 골칫거리인 이라크에서 독재를 일삼던 후세인을 축출하였다.

그리고 후세인을 축출한다는 명목으로 악질적인 테러 조직인 알카에다를 후원했다는 것과 금지된 대량 살상 무기를 개발하고 있다는 죄목으로 이라크에 침공을 했다.

물론 이라크의 후세인이 그랬는지, 그러지 않았는지는 확실하게 알 수 없다.

이는 미국이 정보를 통제하고 있기에 100% 아니다, 그렇다 판단할 수는 없지만, 당시 이라크가 이란과 오랜 전쟁을 잠시 중단하고 전력을 축적하며 미사일과 핵을 개발하려고 한 것은 사실이다.

아무튼 미국은 중동의 평화를 위해, 테러와의 전쟁을 위해 이라크에서 독재 정권을 무너뜨리고 세계를 불안하게 만드는 테러 조직과 그 수장을 사살했다.

그렇지만 그들을 축출했다고 중동에 봄이 찾아온 것은 아니었다.

아니, 그 혼란을 틈타 또 다른 과격 테러 조직이 형성되었으며, 그 혼란은 중동뿐만 아니라 아프리카까지 번지고 말았다.

그러면서도 예전 소련이 아프가니스탄에서 그랬던 것처럼, 수십 년이 흐른 지금까지 전쟁의 구렁텅이에서 벗어나지 못한 채 여태 발을 담그고 있다.

그 때문에 미국은 한 해에 몇천 명의 사상자가 발생

되었고, 또 근대에 들어 미국이 유일하게 패전을 한 베트남 전쟁 때 사용한 비용을 몇 배나 초과한 전쟁 비용을 사용하고도 아직까지 끝날 기미를 보이지 않는 전쟁을 계속하고 있다.

그러니 조금이라도 그런 피해를 줄이기 위해 값싸고 성능 좋은 방탄복을 개발하기 위해 노력을 기울이는 중이다.

이런 찰나에 동맹인 한국에서 신개념의 방탄 소재가 개발된 것이다.

뿌리기만 하면 성능이 올라가는 스프레이형 방탄용품이 나왔다.

더욱이 한국의 방위사업청에서 정식으로 군납 계약을 체결하였다.

그 말은 성능이 확인되었다는 말과 다름없었다.

그런 물건이 있다면 당연히 미국이 먼저 사용해야 한다는 것이 미군 수뇌부의 판단인 것이다.

한국은 아직 전쟁이 종식된 나라는 아니지만, 전쟁이 중단되고 휴전을 한 지 수십 년이 지났다.

공식적인 종전은 아니지만, 거의 종전이나 다름없는 나라다.

그에 반해, 미국은 세계 곳곳에 파견되어 하루에도 몇 십 명의 사상자가 발생하고 있다.

그러니 그런 물건은 미군을 위해 준비된 것이란 생각을 하는 미군 수뇌부는 빠르게 인원을 파견해 물건을 가져오길 요구하였다.

지금 이 순간에도 자신의 부하들이 전장에서 스러지고 있기 때문이다.

"대한민국과 우리 미국은 피로 연결된 혈맹이지 않습니까?"

장시간 계속되던 군 시절 이야기를 끝내고 본격적인 협상에 들어갔다.

조금 전까지만 해도 화기애애하던 분위기는 사라지고 서늘한 기운이 실내를 감돌았다.

한 치의 손해도 보지 않기 위해 냉철한 협상가들만 남은 것이다.

"그렇다고 조국인 대한민국과 맺은 계약도 이행하지 않고 동맹인 미국을 위해 납품을 우선시할 수는 없는 일 아닙니까? 막말로 바꿔서……."

수호는 일정 수량은 납품되었으니 국군에 대한 납품을 중단하고 새로 계약하게 된 미군에 방탄 스프레이를 납품해 달라는 말에 이렇게 대답하였다.

또 한국인들이 미국을 이야기할 때 다른 동맹국들보다 한국이 더 미국과 가깝다고 표현을 할 때 사용하는 혈맹을 언급하는 존 슐츠를 상대로, 동맹이란 단어로

바꿔 언급했다.

솔직히 혈맹이니, 맹방이니 하는 것들은 미국이 사용하지 않는 단어였다.

전적으로 한국인들이 마음속으로 원하는 것이 표현된 단어일 뿐이었다.

미국의 입장에서 한국은 분명 동북아시아에서 중요한 파트너이고 동맹이긴 하지만, 한국이 생각하는 만큼 그렇게 중요하게 생각하냐고 묻는다면 정답은 그렇지 않다는 것이다.

미국의 정책에서 한국은 그저 태평양으로 세력을 떨치는 중국이나 러시아의 전력을 막아 미군이 일본으로 올 때까지 시간을 벌어 주는 용도에 지나지 않는다.

그렇게 중국이나 러시아의 팽창을 막아 주고 미군이 들어올 시간까지 살아남아 교두보까지 되어 주면 좋고, 그렇지 않고 무너지더라도 미군이 일본에서 준비가 끝난다면 더 이상 바랄 것이 없는 존재일 뿐이다.

그런데 지금 한국인인 수호가 아닌 미국인인 존 슐츠가 그의 입으로 수호를 상대하며 혈맹을 언급하고 있었다.

이것만 봐도 미국이 자국인에 대한, 또 나라를 위해 희생하는 군인에 대해 얼마나 생각하고 있는지 알 수 있었다.

한편으론 '이런 미군에 방탄 스프레이에 대한 정보를 제공한 이들이 누굴까' 하는 생각도 들었다.

국군에 대한 군수 지원이 모두 완료되지 않은 상태에서 분명 이런 정보가 들어가게 된다면 미군이 어떻게 움직일지 예상됨에도 특급 비밀을 외부에 알린 자는 분명 애국자는 아닐 것이다.

자신의 이득을 위해 나라의 안보를 위협하는 행위는, 그 어떤 이유에서도 용납하면 안 되는 일이었다.

그렇기에 수호는 존 슐츠와의 협상이 마무리되면 그 문제도 한 번 알아볼 생각이었다.

누가, 어떤 목적으로 신형 방탄복과 방탄 스프레이에 대한 정보를 미국에 혹은 또 다른 누군가에게 흘렸는지를 말이다.

"저희 SH화학의 입장은 단호합니다. 먼저 계약을 체결한 대한민국 군에 우선 납품이 끝날 때까진 다른 어떤 곳에도 납품할 수 없습니다. 물론 계약을 체결한 방위사업청이나 정부에서 양해를 해 준다면 적은 수량이나마 미군에 납품을 할 수도 있습니다."

안 된다고 막무가내로 한다면 분명 미군 입장에서 그냥 넘기지 않을 것을 알기에 수호는 살짝 편법을 언급했다.

사실 철책에 있는 전방 사단이나 특수부대에서 사용

할 물량은 거의 다 보급이 완료되었다고 봐도 무방했다.

그 때문에 사실 존 슐츠의 조건을 들어 주어도 상관은 없었다.

하지만 수호는 그동안 미국이 동맹국, 특히 한국에 행하던 행위들을 생각해 이렇게 강공책을 펼친 것이었다.

그렇지만 계속해서 끝까지 강공책으로만 대응하는 것은 하수나 하는 일이다.

강약을 조절해 상대로 하여금 빠져나갈 구멍이나, 어떻게 해서든 협상을 성공시키겠다는 의지를 남겨 주는 것이 고수의 협상인 것이다.

그리고 지금 수호는 존 슐츠로 하여금 협상을 계속하고 싶으면 자신들을 찾아와 볶을 것이 아니라 방위사업청이나 그 위에 있는 상급 기관을 찾아가란 이야기를 한 것이다.

또 방위사업청보다 정부를 뒤에 언급한 것은 사실상 방위사업청에 압력을 넣을 것이 아니라 정부에게 이야기하라는 소리나 진배없었다.

그도 그럴 것이, 대한민국은 군대에 관한 이야기에 아주 민감한 나라다.

만약 방위사업청에서 계약과 다르게 미군을 위해 편

의를 봐주었다는 이야기가 나중에라도 외부로 새어 나
가게 된다면, 대한민국의 언론은 분명 폭발할 것이었
다.

3. 방탄 스프레이를 둘러싼 반응

미국 국방부, 군수 지원 사령부 소속 군무원인 예비역 대령 존 슐츠는 2주 전 주한미군 사령관으로부터 소포 하나를 받았다.

　아니, 정확하게 말하자면 주한미군 사령관이 보낸 소포를 상급자인 마크 윌리엄스 중장에게서 받은 것이다.

　하지만 그것의 발신지는 정확하게 한국에 주둔하고 있는 주한미군 사령관으로부터였다.

　작은 상자 안에는 흔히 볼 수 있는 위장용 얼룩무늬의 방탄복과 80㎖의 용량이 한 손에 들어오는 스프레이였다.

그것을 확인한 존 슐츠는 무슨 의도로 이것을 자신에게 주는 것인지 그 뜻을 이해할 수가 없었다.

이미 전역한 지 5년이나 지난 예비역인 자신에게 종종 아프가니스탄이나 사우디로 파견을 보낼 것이란 농담을 했기에 방탄복이 들어 있는 상자를 준 것은 어느 정도 이해할 수 있었다.

하지만 방탄복과 함께 들어 있는 스프레이는 그 용도를 알 수가 없었다.

이에 상자를 준 마크 윌리엄스 중장에게 상자를 준 뜻을 물어보았다.

"무슨 뜻입니까?"

"무슨 뜻은…… 상자 안에 있는 서류는 아직 읽어 보지 않은 것 같군. 일단 그것부터 읽어 본 뒤에 본격적으로 이야기하지."

"아, 알겠습니다."

상자 안에 들어 있던 서류를 읽던 존 슐츠는 깜짝 놀랐다.

자신의 조국인 미국의 동맹국 한국에서 세계 최고의 방탄복 중 하나인 드래곤스킨에 버금가는 방탄복을 개발하였고, 그 가격이 드래곤스킨의 1/3 가격이란 것에 더욱 놀라웠다.

그런데 서류의 내용을 계속해서 읽어 내려갈수록 점

입가경이었다.

한국이 개발한 신형 방탄복도 놀라웠지만, 함께 들어 있던 스프레이의 내용은 놀라움을 넘어 경악에 가까웠다.

뿌리기만 하면 방탄 성능을 향상시켜 주는 스프레이라니, 이게 무슨 얼토당토않은 소리란 말인가.

서류에는 스프레이를 사용하는 방법이 자세히 나와 있는데, 스프레이를 30㎝ 정도 떨어진 거리에서 한 방향으로 빈틈없이 뿌린 뒤, 1분 정도 시간을 두어 처음 뿌린 스프레이가 마르면 이번에는 직각이나 사선으로 방향을 틀어 처음과 같은 방법으로 스프레이를 도포한다.

이렇게 총 세 번에 걸쳐 물건에 스프레이를 뿌리고 말려 주면, 방탄 스프레이의 사용이 완료된다.

그렇게 되면 스프레이가 도포된 물체는 기본 성능에 $+\alpha$ NIJ 레벨ⅡA의 방탄 효과를 가지게 된다고 적혀 있었다.

NIJ는 미합중국 법무부 산하 사법 연구소(National Institute of Justice)의 앞 대문자로, 방탄복의 등급 분류와 테스트를 하는 기관이었다.

그런데 이런 공신력 있는 기관에서 분류하는 등급에 2번째 등급인 NIJ 레벨ⅡA에 해당한다는 말은 그야말로 충격이었다.

이 말은 9㎜ 파라블럼탄이나 그에 준하는 다른 권총탄에 대한 방탄 능력이 있다는 소리였다.

이 정도 방탄 능력을 가지기 위해선 어느 정도 두께가 있어야 함에도 불구하고, 그저 스프레이 세 번만 뿌리면 그 성능을 가진다는 것은 놀라운 일이다.

만약 이 말이 사실이라면 어떤 수단을 사용해서라도 물건을 확보해야만 한다는 것이 존 슐츠의 판단이었다.

더욱이 놀라운 점은 스프레이 안에 어떤 물질이 들어 있는지 알 수는 없지만, 계속해서 겹쳐 도포하면 방탄 성능은 더욱 뛰어나게 된다는 것이다.

여기까지 읽은 존 슐츠는 너무 놀라 읽고 있던 서류를 내려놓고 자신의 앞에 있던 마크 윌리엄스 중장을 쳐다보았다.

"이게 사실입니까?"

자신도 모르게 그렇게 물었지만, 들려온 답변은 의외였다.

"그것을 알기 위해 자넬 부른 것 아닌가?"

분명 이곳에 물건을 보냈다는 것은 보내기 전, 시험을 해 보았다는 의미가 내포되었다.

그러니 이렇게 성능에 대해 자세히 서술되어 있는 것이 아니겠는가.

하지만 한편으론 의구심이 들었다.

세계 최고의 화학자와 물리학자는 물론이고, 최고의 엘리트들이 모여 있으며, 또 미국 유수의 연구소나 군수 산업체의 연구원들도 이룩하지 못한 신기원을 이룩한 천재가 한국에 있다는 것이 믿기지 않았다.

그런 천재가 있다면 진즉에 이름이 알려졌을 것인데, 한 번도 이를 들어 보지 못했기 때문이다.

*　　　*　　　*

"자국의 안보가 확보되지 않은 상태에서 아무리 동맹국이라지만, 물건의 납품이 완료되지 않은 상태인데 공급한다는 건 미국도 하고 있지 않습니다."

수호는 조금 전의 화기애애하던 분위기와는 다르게 정확하고 단호하게 말하였다.

"음……."

존 슐츠는 잠시 2주 전에 들은 상관과의 대화를 떠올리다 수호의 대답에 정신을 차렸다.

협상을 하는 수호의 대답은 단호했다.

하지만 존 슐츠로서는 그의 대답에 수긍하면서도, 또 한편으로는 그 말에 반박을 하고 싶었다.

이는 아직도 전장에서 피를 흘리고 있을 자신의 후배

들과 조국을 위해 위험을 무릅쓰고 전투를 하는 병사들에 대한 안타까움 때문이었다.

"무슨 뜻인지 잘 알겠습니다. 하지만 제가 알기론 현역병들, 아니, 실질적으로 필요한 전방 사단이나 GOP에 파견된 병사들에 대한 보급은 완료가 된 것으로 알고 있는데……."

"어떻게 그런 사실을 알고 있는지는 모르겠지만, 어느 정도 맞는 이야기이기는 합니다. 하지만 저희 대한민국 군인들은 부대를 순환하여 전방에 투입하고 있습니다. 그러니 다음 교대 병력을 생각한다면 아직 보급이 완료된 정도는 아닙니다."

수호는 기밀에 속한 보급에 대해 미군인 존 슐츠가 너무도 자세히 알고 있는 것에 놀라 얼른 그의 말을 중간에 차단하며 반박하였다.

사실 존 슐츠의 주장대로 지금까지 SH화학에서 군에 납품한 물량이면 전방 사단은 물론이고, GOP 내에서 근무하고 있는 모든 병사들이 착용할 방탄복 및 방탄 스프레이 지급이 완료될 수 있는 수량이다.

그렇지만 수호가 그의 말에 반박한 것은 사실 미국이 지금까지 동맹, 아니, 자신들의 이득을 위해 대한민국에 갑질을 하던 것을 그대로 돌려주고 있는 것이다.

같은 군수 물자를 다른 동맹들에 비해 비싼 값에 판

울트라 코리아

매하는 것은 물론이고, 주한미군 방위비 협상에서도 매년 증액을 요구하는 미국의 행태는 실로 추잡하기 그지없었다.

자신들의 이득을 위해 한국에 군대가 주둔하고 있음에도 불구하고, 미국은 자신들의 군대를 한국에 파견한 것에 대한 부지를 무상으로 공유 받는 것은 물론, 자국 군인들에 대한 월급과 군 시설, 장비들의 운용에 들어가는 유지 보수비까지 청구하고 있었다.

더욱 가관인 것은 한국 정부가 주한미군의 운영에 필요한 방위비를 가지고 주일 미군에 일부 유용을 하고 있다는 점이었다.

아니, 주일 미군 운용에 필요한 비용은 일본 정부에서 받아야 함에도 불구하고, 미군은 주한미군의 운용비 일부를 빼서 주일 미군을 운용하는 곳에 사용한 것이 적발되었다.

그러나 한국 정부에 사과하는 것이 아닌, 적반하장으로 유사시 주한미군은 물론이고, 주일 미군까지 한반도 상황에 맞춰 운용하기에 문제가 없다고 억지 주장을 하였다.

그러면서도 미국은 매년 주한미군 운용비 증액을 요구하고 있었다.

그렇기에 수호는 이참에 자신도 미국에 갑질 아닌 갑

질을 하려는 것이다.

"하아……."

수호의 대답을 들은 존 슐츠는 자신도 모르게 한숨을 내쉬었다.

자신의 말이 통하지 않는 상대를 만난 것에 답답했는지 저도 모르게 나온 것이다.

한편, 이를 보고 있는 수호는 속으로 음흉한 미소를 지었다.

아무리 자신이 미군에게서 무공훈장을 받았다 하여도 그건 어디까지나 명령이 있었기에 그리한 것이고, 미군이 예뻐서이거나 미군을 좋아해서 그런 게 아니다.

그러니 무공훈장을 받은 것에 대해 기뻐하며 자신을 띄워 주던 존 슐츠의 말에 혹해 자신의 이득을 그냥 넘겨줄 생각은 없었다.

아니, 더욱 철저하게 자신의 이득을 챙길 계획이었다.

국군에는 적정한 가격에 넘겼지만, 천조국이라 불리는 부자 나라에는 제값보다 더 비싼 가격에 팔 생각이다.

어차피 비밀은 새어 나갔으니 어쩔 도리가 없다.

그렇다면 이득을 최대한 취하는 것이 회사나 국가로서도 좋은 일일 것이다.

'이게 애국이지…….'

수호는 당황하고 있는 존 슐츠를 보며 속으로 그렇게

생각하였다.

"뭐, 국방부나 정부에서 어느 정도 이해하여 이야기가 나온다면 저희도 미군의 편의를 봐줄 수 있지만, 지금으로서는 저희도 임의로 물건을 넘길 수가 없군요."

앞에 앉아 있는 존 슐츠에게 그렇게 이야기하면서, 수호는 한편으로 다른 생각을 하였다.

이렇게 미군에게 짐을 하나 지어 놓게 한 다음, 나중에 이것을 이용해 이득을 취할 생각이었다.

그리고 될 수 있으면 대한민국 정부도 언제 한번 미국에 큰소리를 쳤으면 하는 바람에 이런 일을 꾸미는 것이다.

존 슐츠와의 협상이 끝나면 수호는 바로 아레스의 심보성 사장과 이제는 자신의 부하나 다름없게 된 아시아 평화 연구소의 문성국에게 이 이야기를 하여 그들이 속한 인맥을 이용해 정부에 자신의 뜻을 전달할 생각이었다.

비록 자신이 조금 억울하게 군대를 전역하긴 했지만, 까도 내가 까지 미국, 혹은 중국이나 일본 같은 나라에게 대한민국 정부가 까이는 것을 두고 볼 수는 없지 않은가.

그렇기에 기회가 왔을 때, 미국에게 정부도 한번 큰소리를 쳐 보라는 심정에서 일을 이렇게 유도하였다.

그런 것도 모르고 존 슐츠는 수호에게서 미군이 원하는 방탄 스프레이를 얻어 가기 위해 머리를 굴리고 있었다.

*　　*　　*

협상을 마치고 나온 존 슐츠는 SH화학 주차장에서 대기하던 보좌관의 이야기도 듣는 둥 마는 둥 하면서 차에 올랐다.

"부장님, 어떻게 되었습니까?"

탁!

협상이 어떻게 되었는지 물어보는 데도 아무 대답 없이 차에 오르는 존 슐츠의 모습에 그의 보좌관은 순간 당황했다.

'뭐가 잘 안 되었나?'

존 슐츠의 심각한 표정에, 평소 그런 모습을 보지 못했기에 그리 생각했다.

"어디로 갈까요?"

보좌관이 뒤에 타고 있는 존 슐츠를 보며 물었다.

하지만 존 슐츠는 바로 행선지를 언급하지 않고 자신만의 세계에 빠져 있었다.

'국방부나 정부에서 말한다면 저희도 미군에 납품을 할 수 있습니다.'

존 슐츠의 머릿속에선 조금 전 수호가 한 말이 계속 맴돌았다.

'하긴 일개 기업이 정부 산하 조직과 계약을 하고 중간에 임의로 계약을 변경할 순 없겠지.'

수호의 말에 존 슐츠는 그 이야기에 대해 자신의 기준으로 그 뜻을 파악하고 결론을 내렸다.

이는 누가 봐도 그의 판단이 정답이라 할 수 있는 결론이었다.

"부장님, 어디로 모실까요?"

존 슐츠가 고민에 대해 결론을 내릴 때, 부관의 소리가 들렸다.

"아, 미안하군."

자신이 너무 깊은 생각에 빠져 있느라 부관이 하는 소리를 듣지 못한 것에 대해 사과를 하였다.

그러곤 행선지를 말하였다.

"대사관으로 가."

"대사관 말씀이십니까?"

느닷없이 대사관으로 가자는 상관의 말에 부관은 순간 당황해 되물었다.

존 슐츠가 군수 지원부가 있는 오산이 아닌 주한 미국 대사관으로 가자는 것에 의구심이 들었기 때문이다.

"응, 아무래도 대사님의 도움이 필요해."

이번 계약을 위해선 주한 대사의 도움이 필요하다는 판단에 그렇게 말하였다.

"음, 알겠습니다."

그렇게 존 슐츠가 탄 차량은 주한 미국 대사관이 있는 서울 종로구로 향했다.

한편, 존 슐츠가 SH화학을 빠져나가던 그 시간, 수호는 누군가에게 전화를 하고 있었다.

＊　　　＊　　　＊

"여보세요. 사장님, 잠시 통화…….."

보통 남자들은 자신이 군대 시절 자신과 함께 근무하던 상급자에 대해선 전역 당시 계급으로 호칭을 한다.

하지만 수호는 심보성 사장에게 근무 당시의 계급이 아닌 현제 PMC 아레스의 사장으로 호칭하고 있다.

"어디서 정보가 빠져나갔는지 모르겠지만, 주한미군 군수 지원부의 부장이란 사람이 다녀갔습니다."

수호는 심보성 사장에게 전화하여 조금 전에 있던 일들을 간략하게 설명하였다.

그 내용은 미국에서 자신이 개발한 방탄 스프레이에 관심을 보이며, 그것을 미군에 납품해 달라고 찾아왔다는 점이었다.

그러면서 아직 방위사업청과 계약한 것이 완료되지 않은 상태임에도 불구하고, 미군에 방탄 스프레이를 지급해 달라고 했다는 내용도 언급했다.

물론 그 말을 들은 심보성 사장의 반응은 아주 격렬했다.

아프가니스탄에 부대가 주둔하고 있을 때, 그는 미군으로부터 많은 핍박과 설움을 겪었기 때문이다.

그들이 필요할 때는 온갖 감언이설을 섞어 가며 합동 작전을 행사하면서도, 정작 이쪽에서 필요해 도움을 청하면 핑계를 대며 거절했다.

이에 자신들도 미군이 도움을 청하는 걸 거절할라치면 한국에 있는 상부로 압력을 넣기도 했다.

그러니 심보성 사장이 전화기 너머로 발광하는 것도 당연했다.

"잠시 진정하시고, 정부나 국방부 쪽에 연락해 미국의 예상대로 실행을 하며, 시간을 약간 지체하라고 하세요."

수호는 자신의 계획을 심보성 사장에게 설명하면서 그의 인맥을 이용해 사전에 정보를 뿌려 정부 쪽에서도 미국이 하려는 일에 조금 애를 먹이길 원했다.

그래야 자신이 개발한 방탄 스프레이가 더욱 비싼 가격에 미국으로 팔려 나갈 것이고, 그렇게 되면 자신뿐만 아니라 정부도 보다 많은 세수를 확보할 수 있으니, 누이 좋고 매부 좋은 일석이조의, 아니, 일석삼조의 효과를 얻지 않겠는가.

세수도 확보하고 그동안 미국에 의해 받은 스트레스를 한 번이라도 되돌려줄 수 있으며, 혹 이번 기회에 필요한 것을 요구할 수도 있기에 좋았다.

그렇게 심보성 사장과 통화를 마친 수호가 이번에는 문성국에게 전화하여 조금 전 심보성 사장에게 한 이야기를 반복해서 전했다.

＊　　　＊　　　＊

언제부터인지 정확하진 않지만, 수교 이후 중국 연변에 살던 조선족들이 일자리를 찾아 한국으로 들어오게 되었다.

그러다 보니 해방 직후, 인천에만 있던 차이나타운이 전국 각지에 우후죽순처럼 생겨났다.

Dirty(더럽고), Difficult(어렵고), Dangerous(위험한), 3D 현상으로 인한 노동력 부족으로, 건설 현장이나 노동 집약 산업이 많은 중소기업에 취업하려는 조선족이나 중국인이 늘어나 노동 현장에 인력이 들어오는 것은 좋았다.

그렇지만 그로 인한 부작용도 만만치 않게 늘어났다.

그도 그럴 것이, 홍익인간이나 경천애인을 건국이념으로 삼는 우리나라와는 다르게 인명 경시 사상이 만연하고, 또 공산주의 식 수정 자본주의를 받아들인 중국인들은 국내에서 많은 사고를 일으켰다.

그들이 일으키는 범죄는 자신들과 같은 처지의 중국인과 조선족이 대부분이었지만, 적은 경우라도 한국인들을 대상으로 하는 범죄도 발생하였기에 문제가 아닐 수 없었다.

그 때문에 한때 외교 문제로 비화되기도 했지만, 중국은 공안을 파견하여 한국에서 문제를 일으키는 중국인들에 대해 송환하는 것으로 일단락 지었다.

솔직히 이런 것은 한국 입장에서 강력하게 사법 처리를 하야 하는 문제였지만, 국력이 약한 한국의 입장에서 상대적으로 강한 중국에 자신들의 주장을 제대로 피력하지 못하고 있는 것이다.

그러다 보니 중국인들은 안하무인으로 한국에서 점점 세를 넓히며 전국 각지에 차이나타운을 건설하고 있었다.

　　　　　　*　　　　　*　　　　　*

　서울특별시 영등포구 대림동의 한 식당.

　심양컴텍의 사장인 주상욱은 심각한 얼굴로 혼자 테
이블을 차지하고 있었다.

　그가 앉아 있는 테이블은 한 사람이 먹기에는 많은
양의 음식들이 놓여 있었다.

　웅성웅성.

　드르륵.

　많은 사람들로 인해 소란스러운 분위기에도 불구하
고, 낡은 새시 문이 열리는 소리가 주상욱의 귓가를 때
렸다.

　고개를 돌린 주상욱의 눈에 지금까지 기다리던 얼굴
이 가게 안으로 들어오자 조용히 자리에서 일어났다.

　그런 주상욱의 곁을 지나친 사내는 작은 신호를 주상
욱만 볼 수 있게 하고는 2층으로 올라가 버렸다.

　사내가 2층으로 사라지자 다시 자리에 앉은 주상욱의
곁으로 누군가가 나타나 그의 어깨를 두드렸다.

　"따라오시라요."

　그러자 고개를 돌린 주상욱의 눈에, 짧은 머리를 한
날카로운 인상의 30대 사내가 들어왔다.

조선족 깡패가 나오는 영화 속의 모습과 싱크로율 100%인 사내가 그곳에 있었다.

"아이옵니까?"

"아, 갑니다."

주상욱은 다시 한번 자신을 돌아보며 묻는 사내의 말에 대답하고 따라나섰다.

그렇게 사내를 따라 2층으로 올라간 주상욱은 좁은 복도를 지나 어느 방에 들어가게 되었다.

그러자 방은 사방이 막혀 있고 천장에는 백열등 하나가 켜져 있는 것이 꽤 허름했다.

그 백열등 아래 녹색 테이블을 가운데 두고 사내들이 모여 마작을 하고 있었다.

물론 담배 연기가 방 안 가득 채워져 있기에 주상욱의 코를 찔러 왔다.

그런데 아주 특이하게도 비록 차이나타운이라 하지만, 이곳은 대한민국의 수도 서울의 한 지역이었다.

그럼에도 주상욱의 코를 찌르는 냄새는 언젠가 중국으로 출장을 갔을 때, 길을 잘못 알고 들어갔던 뒷골목에서 느껴지던 냄새가 진하게 배여 있었다.

다그락.

"무슨 일로 날 찾아왔니?"

두리번거리는 주상욱에게 말을 건 사람은 조금 전 자

신에게 신호를 보내던 사내였다.

"양정 사장님의 소개로 왔습니다."

사내의 질문에 주상욱은 자신에게 이곳을 소개한 이의 이름을 들려주었다.

그러자 지금까지 주상욱에게는 일절 시선도 주지 않은 채 마작패만 보고 있던 사내가 손에서 그것을 내려놓고 함께 마작을 하고 있던 사내들에게 손짓을 하며 물렸다.

곧 사내들이 자리에서 일어나 벽으로 붙자, 그제야 고개를 들면서 주상욱에게 물었다.

"양 대형과는 어떤 사이요?"

주상욱의 입에서 양정이란 이름을 들은 진룡이 조심스럽게 물었다.

진룡이 대형이라 부르고 있지만, 정확하게 양정은 그가 속한 조직보다 윗선에 있는 간부였다.

즉, 진룡과 양정은 사적으로는 전혀 연관이 없지만, 양정의 이름을 들었으니 진룡으로서는 주상욱에게 함부로 말할 수 있는 입장이 아니었다.

"함께 사업을 하는 파트너입니다."

진룡의 행동을 보며 자신과 손을 잡고 일하는 양정이 자신의 앞에 앉아 있는 사내보다 높다는 것을 알았지만, 그 역시도 대충 말하지는 않았다.

아무리 양정이 앞에 있는 사내보다 높은 자리에 있는 사람이라 하지만, 법은 멀고 주먹은 가깝다고 하지 않는가.

더욱이 앞에 앉아 자신과 이야기하고 있는 사내는 이곳 대림동 일대를 장악한 조선족 깡패들의 우두머리였다.

이곳 대림동 차이나타운에는 공공연하게 전해지는 도시 전설이 하나 있는데, 그 내용이 너무도 무시무시했다.

그 내용을 보면, 바로 1년 동안 최소 열 명 이상이 아무도 모르게 사라졌다는 것이다.

더구나 단순 실종이 아닌, 사라진 사람들이 이곳 차이나타운에 널린 음식점으로 팔려 나가 증거를 찾을 수 없다는, 아주 끔찍한 내용이었다.

그러니 이런 곳을 장악하고 있는 조선족 깡패들의 우두머리를 상대하는 주상욱의 현재 심경은 어떻겠는가.

"아, 그렇습니까? 그런데 무슨 일로?"

진룡은 자신과는 비교가 되지 않는 본토 조직의 대형과 사업 파트너라는 한국인을 보며 조심스럽게 물었다.

"제가 좋은 사업 아이템을 하나 발견했는데, 그것을 가로채려는 자들이 있어……."

주상욱은 자신이 방위사업청의 직원을 통해 들은 SH

화학의 방탄 스프레이에 대한 이야기를 각색하여 진룡에게 들려주었다.

자신이 가져온 정보를 털도 뽑지 않고 가로채려는 문성국에게 항의하러 갔다가 협박을 듣고 물러났다.

이에 주상욱은 자신이 이런 협박을 받은 것이 분해 며칠을 잠도 제대로 자지 못하고 고민을 하였다.

그래서 내린 결론은 자신에게 힘이 없다는 것과, 유사시 자신을 도울 인력이 없다는 것에 도달하게 되었다.

그러면서 자신에게 부족한 것을 채워 줄 대상을 물색하게 되었는데, 이때 생각해 낸 것이 바로 중국에 있는 사업 파트너인 양정이었다.

양정은 주상욱이 사업을 하기 위해 중국에 갔다가 만난 조선족 사업가였다.

연변 일대에 제법 규모가 있는 사업체를 가지고 있었으며, 지린성 공안과도 잘 아는 사람이었다.

물론 양정이 정상적인 사업가가 아님을 주상욱도 잘 알고 있다.

공산국가인 중국에서 사업을 한다는 것은 중국 공산당이나 깡패 조직인 흑사회와 연관이 없으면 할 수 없기 때문이다.

하지만 이익을 위해 그런 것을 모르는 척하면서 그동

안 양정과 사업을 영위하고 있었다.

아무튼 문성국에게 협박을 당한 것에 화가 난 주상욱은 자신에게 부족한 것을 채워 줄 수 있는 존재가 바로 양정이라 생각해 그에게 연락을 취했다.

자세한 이야기를 하진 않았지만, 그동안 자신과 하던 사업 이상으로 큰 건임을 강조하며 도움을 청했다.

양정 또한 주상욱과 손잡고 사업을 하며 많은 돈을 벌었기에 그의 요청을 거절하지 않고 대림동 차이나타운에서 한자리하고 있는 진룡을 주상욱에게 소개해 주었다.

이는 양정도 주상욱의 사업 수단이 뛰어나다는 것을 알기에 많은 이권을 양보 받고 소개를 한 것이다.

＊　　　＊　　　＊

수호에게 전화를 받은 심보성은 바로 전 특수전 사령관이며, 자신이 사장으로 있는 PMC 아레스의 대주주 중 한 명인 김중관 예비역 대장을 찾았다.

척!

심보성이 약속 장소에 도착하였다.

그리고 먼저 나와 있던 김중관 예비역 대장을 보며 조용히, 그러면서 절도 있는 모습으로 목례를 하였다.

"그래, 와서 앉지."

인사를 받은 김중관은 차분한 목소리로 자리를 권했다.

그러곤 자리에 앉자 조용히 물었다.

"차는 어떤 것으로 하겠나?"

"작설로 하겠습니다."

심보성은 무슨 차를 먹겠느냐는 질문에 평소 김중관이 즐기는 녹차의 한 종류인 작설차를 말하였다.

작설차는 그 이름에서 알 수 있듯, 참새의 혀와 비슷하게 생겼다고 해서 붙여진 이름이다.

이 차는 동의보감에서 맛이 달고 쓰며, 독이 없고 기를 내리게 하며, 배 속에 오래된 음식을 소화시킨다 하였다. 또한 머리를 맑게 해 주며 이뇨 작용으로 소갈(당뇨병) 치료에 좋고 화상의 독기를 빼는 것에도 효능이 있다고 나와 있다.

쪼르륵.

김중관이 심보성에게 작설차를 직접 따라 주며 다시 한번 물었다.

"그래, 나를 보자고 한 건 무슨 이유인가?"

예편을 하고 조용히 난과 차를 즐기고 있는 자신에게 급히 연락하여 방문하겠다는 심보성의 말에 의아한 생각을 하며 그를 기다렸다.

그래서 심보성이 도착하자 차를 대접하며 물어보는 것이다.

"예, 다름이 아니라……."

심보성은 조금 전 수호에게서 받은 전화 내용을 고스란히 김중관에게 말하였다.

자신의 밑에 있던 수호가 SH화학이란 곳에 고문으로 있으면서 무엇을 개발하였고, 또 그 물건이 현재 방위 사업청과 계약을 통해 군에 납품되고 있다는 것도 언급하였다.

이야기를 듣고 있던 김중관은 깜짝 놀랐다.

그도 그럴 것이, 자신과 연관이 있던 일은 아니지만 신형 방탄복과 관련된 군납 비리가 터졌을 당시, 그도 현역으로 있을 때 들은 기억이 생생했기 때문이다.

다른 것도 아니고, 병사들의 생명과 직결된 방탄복이 불량인 상태로 보급된 일이 있었다.

아니, 병사들뿐만 아니라 값비싼 해외 방탄복을 구입해 입고 있던 특수부대도 국내에서 개발되는 신형 방탄복으로 대체되는 사업이었다.

그런데 북한군이 가지고 있는 AK—47에 뻥뻥 뚫리는 방탄복이 군에 납품되었으니, 이 얼마나 황당하고 화가 나는 상황인가.

특수부대가 파견되는 중동이나 아프리카는 닭 한 마

리 가격으로 AK를 구매할 수 있다.

그런데 수백만 원에 달하는 값비싼 방탄복이 닭 한 마리 가격에 구입한 AK에서 발사하는 총알에 뚫리고 그것을 입고 있던 병사가 혹은 특수부대원이 부상을 당하고 사망한다면 어떻게 된다는 말인가.

실제로 수호가 그런 상황을 당했다.

하지만 부상을 당한 수호에게 군 당국은 군 지정 병원이 아닌 곳에서 치료를 받았다는 이유로 치료비를 지급하지 않았다.

이런 사정까지는 모르는 김중관이지만, 당시 비리가 터졌을 때 무척이나 화가 났다.

"아직도 자신의 이득을 위해 안보와 연관이 있는 비밀을 외부로 흘리는 이들이 있다니……."

김중관은 참으로 어처구니가 없었다.

비록 심보성에게 들은 방탄 스프레이가 직접적으로 사람의 생명을 죽일 수 있는 살상 무기는 아니지만, 어떻게 사용하느냐에 따라 전쟁의 양상을 바꿀 수도 있는 물건임을 알 수 있었다.

그런데 그런 물건이 국내에서 개발되었고 군에 납품되고 있는데, 그러한 비밀을 더욱 지켜야 할 방위사업청 직원이 외부에 알렸으니 기가 막혔다.

"미국이 알고 있다는 소리는 일본이나 중국에도 정보

가 새어 나갔을 공산이 큽니다. 그런데…….”

다시 한번 심보성은 수호가 가르쳐 준 방법을 설명했다.

“어차피 벌어진 일이니 우리도 이것을 이용해 이득을 취하는 것이 어떻겠습니까?”

“우리도 이득을 취하자? 어떻게?”

심보성의 이야기를 들은 김중관은 두 눈을 동그랗게 뜨며 물었다.

이미 미국의 귀에 비밀이 들어갔으니, 그들은 어떤 수단을 써서라도 그것을 쟁취할 것이 분명했다.

그렇다고 개인이 개발한 것을 가지고 국가가 어떻게 이득을 취한단 말인지 이해할 수 없었다.

하지만 의아해하는 김중관을 보면서 자세한 설명을 들려주었다.

“정 고문이 이야기하길…….”

심보성의 설명을 들은 김중관은 자신의 귀를 의심했다.

방탄 스프레이라는 획기적인 발명품을 개발한 수호가 설마 나라를 위해 그런 생각을 가지고 있었을지는 상상도 못 했기 때문이다.

어차피 미국이 알게 되었기에 분명 자신들도 사용할 수 있게 수단과 방법을 가리지 않고 전 방위적으로 압력을 행사할 것이니, 미리 정부와 의논하여 우리도 뭔가 이득을 취할 것을 찾자는 말에 놀라지 않을 수 없었다.

이 얼마나 기막힌 일인가.

수호의 말대로 미국은 자국의 이익을 위해서라면 동맹국의 안보는 별로 신경도 쓰지 않는다.

좋은 예로, 1977년대에 CIA가 청와대에 도청 장치를 설치한 적이 있었다.

적국에 대한 도청도 아니고 청와대는 미국의 동맹인 대한민국의 대통령이 머물고 있는 곳임에도 불구하고, 미국의 첩보 기관인 CIA가 그곳에 도청 장치를 심고 동맹국 대통령을 감시하였다.

그리고 이것은 지금까지도 계속되어 오고 있다.

미국은 자국의 이득을 위해 적국이건, 동맹국이건 가리지 않고 감청을 통해 정보를 빼돌리고 있다.

그러니 이번에 자신들도 미리 미국이 원하는 것이 무엇인지 알고 있는 상태에서 협상의 우위를 점하고 필요한 것을 미국에 요구하자는 것이다.

하지만 국방 분야에서 대한민국이 많은 약진을 하고 있기는 해도, 아직 미국을 따라가기 위해선 갈 길이 멀다.

그러기에 미국이 가지고 있는 귀중한 군사 기술을 취

득하는 것에 심혈을 기울이고 있기도 하다.

"좋아. 그럼 내가 어떻게 하면 되나?"

"국방장관과 대통령님을 만나 의논을 하는 것이 어떻겠습니까? 미국은 대사관을 통해 정부에 압력을 행사할 것이 분명하니 말입니다."

"그래, 그런 것이라면 내가 나서는 것이 좋겠지."

김중관은 입가에 미소를 지으며 두 눈을 반짝였다.

뭔가 먹잇감을 포착한 독수리 같은 날카로운 눈빛이었다.

4. 현상

밝은 조명이 밝히고 있는, 60㎡ 정도 되는 방 한가운데, 수호가 홀로 서 있다.

그는 몸에 착 달라붙은 타이츠와 같은 복장을 입고 있다.

일주일 전, 문성국 일당에게 납치되었다가 그들을 제압하는 과정에서 발생한 현상에 대한 시험을 해 보기 위해 자리를 마련한 것이다.

사실 그들을 제압하고, 그 과정에서 자신의 신체에 나타난 현상을 밝히고 싶었지만, 여건이 여의치 않았다.

느닷없이 미군으로부터 납품 계약을 하자고 연락이 왔다는 아버지의 말 때문이었다.

수호가 문성국 일당에게 납치되고, 또 경기도 모처에 있는 특수 시설에 감금되면서 전파가 차단되어 연락이 되지 않아서다.

그 짧은 상황이 이상하게 겹치는 바람에 아버지 또한 연락이 닿지 않는 자신으로 인해 많은 걱정을 했다.

그래서 수호도 자신에게 일어난 현상에 대해 궁금증이 일었지만, 일단 아버지를 안심시켜 드리기 위해 궁금증을 뒤로 미루고 일단 닥친 미군과의 계약 건을 처리하느라 시간이 늦어졌다.

"슬레인, 잘 보고 있지?"

자신의 신체에 일어난 현상을 재현하기 위해 수호는 슬레인의 도움을 받아 알아보려는 것이다.

[예, 시작하셔도 좋습니다.]

"그럼 시작한다."

슬레인이 측정 준비가 다 되었으니 시작해도 좋다고 하자, 수호는 전에 느낀 대로 차분하게 숨을 고르며 세포 하나하나를 깨워 나갔다.

하지만 처음 일주일 전엔 쉽게 재현한 것과 다르게 일주일이 지난 지금 또 하려니 쉽지 않았다.

"끄응……."

힘을 주고 안간힘을 써 봐도 근육만 크게 부풀어 오를 뿐, 전처럼 양손에 전기가 방전되는 현상과 같은 일은 발생하지 않았다.

"왜 안 되는 거지?"

아무리 애써 봐도 재현되지 않는 현상에 수호가 낙담을 하며 투덜거렸다.

[주인님, 근육에 힘을 주시지 말고 당시 상황을 한 번 떠올려 보시고 그때처럼 해 보시는 것이 어떻겠습니까?]

그런 수호를 보며 슬레인이 조언과 위로를 하였다.

"당시 상황? 음⋯⋯."

슬레인의 말을 들은 수호는 잠시 하던 행동을 멈추고 두 눈을 감으며 일주일 전에 있던 일들을 떠올렸다.

'아이들을 만나기 위해 압구정에 갔다가⋯⋯ 전기 충격을 받아 기절을 하고⋯⋯.'

자신이 전에 문성국의 일당들에게 납치된 상황을 떠올려 보았다.

그리고 경기도 인근의 한 공장 창고에서 그들과 싸웠던 것까지 떠올렸다.

'아!'

그렇게 슬레인의 조언을 받아 그날의 일을 떠올리던 수호는 무언가 깨닫는 것이 있어 속으로 탄성을 질렀다.

지지직!

그렇게 깨달은 것을 그대로 되짚으며 감각을 떠올리자, 공기가 파열하는 듯한 소음과 함께 수호의 오른쪽 팔뚝에서 작은 스파크가 튀었다.

팔뚝에서 시작된 스파크는 바로 사라지지 않고 팔뚝을 타고 내려와 그의 손바닥과 손등을 맴돌았다.

치익!

그렇게 한번 성공하자 이번에는 좀 더 느낌을 살려 집중해 보았다.

그러자 손바닥에 흐릿하게 번쩍이던 전류가 더욱 강렬한 소음을 내며 모습을 드러냈다.

[엇!]

수호의 신체 변화를 지켜보던 슬레인은 수호의 팔에서 시작된 기현상을 보고 깜짝 놀라 기성을 질렀다.

[주인님, 지금 주인님의 손에 있는 에너지의 측정값이 무려 5만kW 급으로 측정되었습니다.]

수호의 몸에서 발생한 정전기에 대한 관측 전류의 값이 무려 5만kW였다.

그건 대용량 발전기에서 생산하는 전기의 발전량에 버금가는 것이다.

여기서 발전기와 지금 수호가 순간적으로 만들어 낸 정전기를 동급으로 볼 순 없지만, 아무튼 엄청난 것은 사실이었다.

'무슨 전기뱀장어도 아니고. 아니, 5만이면 전기뱀장어를 한참이나 초과한 거잖아.'

자신의 손에서 5만kW가 발생했다는 소리에 순간적으로 아마존 강에 서식하는 전기뱀장어를 떠올린 수호는, 600~850V 정도로도 전기를 일으키는 것을 떠올리며, 그것을 한참이나 초과해 버린 자신이 마치 괴물이 된 것 같다는 생각이 들었다.

1W는 1V를 1A의 전류로 흐르는 크기다.

그런데 수호는 순간적으로 5만kW의 에너지를 생산해 냈다.

비록 1초도 되지 않는 아주 짧은 찰나에 불과했지만 말이다.

[좀 더 집중하여 보시겠습니까?]

슬레인에게서 다른 말이 흘러나왔다.

슬레인은 지금 자신의 마스터인 수호가 순간적으로 5만에 달하는 에너지를 생성해 낸 것에 고무되어 최대 어느 정도까지 전기를 만들어 낼 수 있는지 알아보기 위해 그런 주문을 했다.

이에 수호는 조금 전에 한 것처럼 손에 집중하며 전기를 모아 보았다.

하지만 아무리 집중해도 최대 출력이 5만kW을 넘지

현상 107

못했다.

[되었습니다. 그러면 어느 정도나 지속할 수 있는지 알아보겠습니다.]

한번 시작된 슬레인의 호기심은 끝날 줄을 모르고 계속되었다.

물론 시험에 임하는 수호도 자신의 능력이 어느 정도까지 되는지 알아보기 위해 슬레인의 요구에, 그 어떤 의구심도 갖지 않았다.

파직! 파직!

수호가 손에 전기를 모을 수 있는 시간은 1초가 되지 못했다.

에너지를 최대로 끌어모으든 그보다 못한 에너지를 모으든, 시간은 일정했다.

즉, 순간적으로 전기를 방출할 수 있다는 것만 알게 되었다.

다만, 한 번에 모을 수 있는 에너지의 출력이 5만 kW이고, 최대 출력을 한번 방출하게 되면 연속으로 하기 힘들다는 것 또한 알게 되었다.

또 그렇게 에너지를 방출하는 횟수가 늘어날 때 지친다는 것도 깨달았다.

그 말은 에너지 방출을 할수록 체력도 함께 고갈된다는 것을 의미했다.

이에 수호와 슬레인은 이를 잘만 활용한다면 일주일

전과 비슷한 상황이 발생하더라도 빠져나올 수 있는 비장의 무기를 가진 것과 다름없음도 깨닫게 되었다.

팡! 팡!

자신의 양손이 전기를 발전할 수 있다는 것을 깨달은 수호는 단순하게 맨손으로 전기를 발생해 사용하는 것보단, 그것을 응용해 다른 방법으로 사용하는 것이 더 위력이 강력할 것이란 생각을 하고 그것을 실행해 보았다.

그 방법이란 것은 바로 레일건과 같은 원리로 두 개의 레일 사이에 전류를 흘려 가운데 낀 물체를 움직이는 것이다.

다만, 레일건처럼 레일을 길게 만들 수 없으니 그와 같은 강력한 위력을 발휘하진 못하겠지만, 대인용으로 충분히 사용 가능할 것으로 보였다.

그도 그럴 것이, 수호의 손에는 최대 5만kW의 전류를 발생하게 만들 수 있는 능력이 있었다.

이런 에너지를 이용해 금속 물체를 날린다면 물건에 대해선 모르겠지만, 인간이나 생명체를 상대로는 충분한 위력이 발생할 것이기 때문이다.

더욱이 비무장 상태에서 상대가 방심하고 있을 때, 은밀하게 사용할 수 있다는 장점까지 있으니 호신용 혹은 대인용 무기로 충분했다.

이런 생각에 수호는 머릿속에 떠오른 생각을 시험해 보고자 동전을 가지고 시험을 시작했다.

그에 사용된 동전은 100원짜리, 소재는 백동으로 구리 75%, 니켈 25%의 합금으로 무게는 5.42g이며 동전의 지름은 24mm, 두께 1.5mm다.

수호는 이런 100원짜리 동전을 이용해 마치 무협 영화에 나오는 무술의 고수처럼 동전을 표적지에 날렸다.

처음에는 날린 동전이 중구난방으로 날아가며 정확하게 표적지에 맞지 않았지만, 계속해서 동전 날리기를 하자 점차 동전이 표적지 가운데를 맞히기 시작하였다.

'명중률이 그리 높지 않네.'

자신이 던진 동전이 표적지를 맞히는 걸 보면서 수호는 좀 더 연습할 필요성을 느꼈다.

＊　　　＊　　　＊

심양컴텍 주상욱 사장의 의뢰를 받은 진룡은 부하들을 시켜 SH화학의 사장과 임직원들에 대한 조사를 하였다.

그러던 중 주상욱 사장이 말한 수호에 대한 정보도 알아냈다.

"그런 자에게서 사업권을 가져오려고 하는 거야?"

부하의 보고를 들은 진룽은 어처구니가 없었다.

진룽이 어려서부터 흑사회에 투신했기 때문에 군대에 대해 잘 알지는 못하지만, 그래도 이 생활을 하다 보니 어느 정도 듣는 것이 있었다.

중국은 그 태생부터 군인의 파워가 무척이나 강한 나라다.

그렇기 때문에 국가 주석이라도 중앙 군사위 주석의 직위가 없다면 제대로 된 힘을 쓰지 못한다.

겉으로 보이는 국가 주석이라는 자리가 높아 보여도, 중국만의 전통에 입각해 권력 순위가 중앙 군사 위원 주석이 1위이고, 그다음 공산당 중앙위원회 총서기가 2위, 그리고 행정부 수장인 국가 주석이 3위다.

그렇기에 중국의 최고 권력자는 국가 주석이 아닌 중앙군사위 주석이 되는 것이다.

물론 중앙군사위 주석이 공산당 중앙위원회 총서기와 국가 주석을 겸직하는 경우가 대부분이지만, 경우에 따라 외교와 행정을 담당하는 국가 주석 자리를 다른 사람에게 이양하기도 한다.

이렇게 여타 나라와는 조금 다른 권력 구조를 가지고 있는 중국의 태생이다 보니 진룽은 군인 출신, 그것도 특수부대 출신이라는 수호에 대해 쉽게 생각하지 않았다.

아니, 쉽게 생각하는 정도가 아니라 이번 의뢰가 잘 못하면 실패할 수도 있다고 판단하였다.

"SH화학 요인들에게 경호원도 붙어 있었습니다."

경호원까지 있다는 말에 진룡의 표정은 더욱 어두워 졌다.

그냥 단순하게 한국인인 주상욱에게만 의뢰를 받은 일이라면 그냥 포기했을 것이다.

하지만 이번 일은 단순한 주상욱 한 사람의 의뢰가 아닌 것이기에 포기할 수가 없었다.

그도 그럴 것이, 이번 의뢰는 본토의 상급 조직인 흑 룡강파의 간부인 양정의 존재로 인해 어떻게든 의뢰를 완료해야 했다.

"대형, 그런데 이상한 것이 있습니다."

한참 고민하고 있는 진룡에게 부하인 아삼이 조심스 럽게 말하였다.

"뭔데?"

"그게…… 경호원들이 있기는 한데, 사장과 전무의 경호 인력이 다릅니다."

"뭐? 확실하게 말해 봐."

진룡은 자신의 오른팔인 아삼이 괜한 말을 하지 않는 다는 걸 잘 알기에 몸을 앞으로 기울이며 소리쳤다.

그런 진룡의 말에 아삼은 자신이 지켜보고 느낀 것을

말하였다.

"SH의 사장이나 전무에게 경호원이 각각 네 명과 두 명이 붙어 있는데, 사장이 데리고 있는 네 명보다 전무가 데리고 있는 두 명의 실력이 훨씬 좋은 것 같습니다."

"뭐야?"

"사장이 데리고 있는 경호원도 실력이 좋긴 하지만, 전무가 데리고 있는 두 명의 실력이 훨씬 낮다는 말입니다."

아삼의 이야기를 들은 진룡은 순간 그게 무슨 소린가 싶었다.

사장이 전무보다 직급도 높고 또 돈도 많을 텐데, 데리고 있는 경호원의 실력이 그리 차이 난다는 것이 좀체 이해가 가지 않았다.

"그리고 알아보니 경호원들의 소속도 달랐습니다."

"그래? 어떤데?"

"그게 사장은 백호 가드라는 경호업체에 의뢰하여 경호원을 붙였는데, 전무는 PMC 아레스라는 곳에서 경호하고 있었습니다."

"PMC? 그게 뭔데?"

진룡은 PMC라는 영어로 된 단어를 듣고 그 뜻을 알지 못해 소리쳤다.

그런 진룡에게 또 다른 부하가 대답하였다.

그의 조직에서 어느 정도 학력이 있는 자로, 중국에서 대학을 다니다 사고를 치고 한국으로 도망을 와 건설 현장에서 일용직으로 일하다 진룡의 조직에 들어온 이였다.

한마디로 진룡 조직의 브레인이란 소리다.

"PMC는 private military company의 앞 글자만 모아 놓은 단어로, 민간 군사 기업이라는 뜻입니다."

"민간 군사 기업?"

"예."

"그게 뭔데? 뭔데 이름에 군사라는 단어가 들어가?"

금문은 자신이 설명을 다 했는데도 그게 무언지 알지 못하는 진룡을 보며 속으로 욕을 해 댔다.

'젠장, 완전 꼴통이네.'

그렇게 속으로 진룡에 대해 욕을 하면서도 그를 두려워하는 금문은 다시 한번 설명을 해 주었다.

"그러니까 군대를 대신해 일을 해 주는 회사를 말하는 것이 바로 PMC라는 것입니다."

"그래? 그러니까 네 말은 그 PMC라는 것이 군대를 대신해 전투도 하고, 누군가를 경호하기도 한다는 말이지?"

진룡은 자신이 제대로 들었는지를 되물었다.

"네, 그런데 제가 알기론 웬만큼 중요한 사람이 아니면 따로 경호를 하는 일이 없다고 하는데, 아주 특이합니다."

금문은 눈을 깜빡거리며 자신이 아는 상식선에서 PMC가 누군가를 경호한다는 말은 듣지 못했기에 의아한 표정을 지었다.

그도 그럴 것이, 엄연히 사람이나 시설을 경호하는 경호업체는 따로 있었다.

경호업체와 PMC는 비슷하면서도 분명 다른 분야다.

그렇기에 PMC가 경호하고 있다는 소리를 옆에서 듣고 있던 금문으로서는 뭔가 쎄한 느낌을 떨치지 못했다.

그건 두목인 진룡도 마찬가지였다.

처음부터 뭔가 꺼림칙하여 받기 싫던 의뢰였는데, 그나마 조직에서 가장 똑똑한 금문의 이야기를 들으니 더욱 이번 의뢰가 찜찜했다.

"어느 쪽을 노리는 것이 좋겠냐?"

꺼림칙한 의뢰이긴 하지만, 진룡으로서는 선택의 여지가 없기에 물었다.

경호원 네 명이 붙은 사장을 노리는 것이 안전할지, 아니면 조금 위험 부담이 있기는 하지만, 수적으로 사장이 거느린 것보다 두 명이 적은 전무 쪽을 노릴 것인지 물어본 것이다.

솔직히 어느 쪽을 노리든 분명 납치는 성공한다.

다만, 납치에 성공하더라도 일이 끝나는 것이 아니기에 선택해야만 하는 것이다.

보다 적은 피해로 납치에 성공해야, 다른 조직에게 뒤통수를 맞지 않기 때문이다.

지금이야 자신이 대림동 차이나타운을 장악하고 있지만, 자신의 세가 조금이라도 부족하다 느끼면 이 자리를 넘볼 조직은 많기 때문이다.

사실 근처에 있는 가리봉 조직이 호시탐탐 이곳을 노리고 있기도 했다.

"아무래도 사장 쪽을 노리는 것이 좋지 않겠습까?"

"경호원의 숫자가 많은데?"

"기래도 현역 특수부대원에 필적하는 자, 둘을 상대하는 것보단 좋지 않겠습까?"

"흠……."

원래 깡패가 아닌 금문이 어찌어찌 사정에 의해 현재는 한국에서 깡패 조직에 들어오게 되었다.

그러다 보니 조직 내에서 금문에 대한 견제와 무시는 다반사였다.

그나마 두목인 진룽이 그래도 머리가 돌아간다고 금문을 아꼈기에 지금까지 별 탈 없이 지낼 수 있었다.

하지만 아무리 진룡의 보호가 있다 하더라도 24시간 그가 지켜보고 있는 것은 아니다 보니 안 보이는 곳에서 그에게 가해지는 위협은 금문이 감당하기에는 버거운 것도 사실이었다.

그러다 금문은 자신도 모르게 폭력에 대한 갈망을 갖게 되었다.

그리고 그런 생각이 조폭을 소재로 하는 영화나 미튜브에 있는 밀리터리 동영상을 보게 만들었다.

그 안에는 금문이 동경하는 강력한 존재들이 많았다.

B.C 코믹스나 바블 코믹스에 등장하는 허구의 슈퍼 히어로가 아닌, 실제로 있는 그런 슈퍼 히어로들 말이다.

그런 동영상을 자주 보던 금문이 몇 개월 전에 본 케이블 TV 프로그램이 하나 있었다.

그것은 바로 JTV에서 방영된 한국의 특수부대 출신들이 나와 서바이벌을 벌이는 내용이었다.

그곳에서 금문은 자신의 이상이라 할 수 있는 사람들을 많이 보았다.

그리고 조금 전 언급된 PMC 아레스의 직원들도 보았다.

그랬기에 금문은 겨우 두 명이지만, 아레스에서 파견된 경호원이 있는 전무보단 일반 경호 회사에서 파견된

네 명의 경호원을 둔 정상현 사장을 노리는 편이 좋겠다고 의견을 낸 것이다.

정상현 사장이 데리고 있는 경호원들도 특수부대 출신이기는 하지만, 그래도 아레스의 직원들보다는 위험이 덜하다 느꼈기 때문이다.

이런 금문의 생각을 아는지 모르는지 알 수는 없지만, 어찌 되었든 조선족 깡패 조직인 흑사파는 두목인 진룡을 필두로 SH화학의 사장인 정상현을 납치할 계획을 세우기 시작했다.

*　　　　*　　　　*

오전 9시 10분.

어떻게 보면 이른 시간이라 할 수도 있지만, 주한미군 군수 지원부 부장인 존 슐츠는 몇 명의 사람들과 함께 SH화학을 찾아왔다.

존 슐츠가 데려온 사람들의 면면을 보면, 짙은 갈색 머리에 정복을 차려입은 국방무관이 에던 호크, 그리고 청와대 외교 안보실 사무관과 방위사업청의 계획 운영 부장이었다.

한 명 한 명이 일반인은 만나기 힘든 직급이었다.

그런 사람들이 이른 시간에 떼거리로 몰려오니 마침

출근한 후, 업무를 보려던 SH화학의 직원들이 의아한 표정으로 이들을 지켜보았다.

다른 사람들의 시선이야 어떻든 간에 존 슐츠는 자신의 목적을 이루기 위해 전에 수호가 이야기한 것에서 힌트를 얻어 대한민국 정부와 협상을 벌여 상호 합의를 본 후, 이렇게 SH화학을 다시 찾았다.

"이렇게 이른 아침부터 어쩐 일입니까?"

느닷없이 찾아온 존 슈츠 일행을 보며 사장이 물었다.

"미스터 정과 이야기를 하겠습니다. 그를 불러 주십시오."

전에 이곳 SH화학에서 개발한 방탄 스프레이를 납품받기 위해 찾아왔다가 담당자인 수호와 이야기하라고 한 적이 있기에, 존 슐츠는 SH화학의 사장인 상현의 물음에 그대로 말하였다.

그런 존 슐츠의 대답에 정상현이 살짝 미간을 찌푸리다 바로 인터폰을 눌러 비서에게 수호를 불러오라 하였다.

그렇게 잠시의 시간이 흐르자, 이미 이들의 방문을 알고 있던 수호가 사장실로 들어왔다.

"어서 와라. 미군에서 나온 사람이 너랑 이야기하고 싶다고 하니 잘 해 봐라."

"네, 알겠습니다. 그럼 전 이들과 회의실로 가서 협상을 하고 오겠습니다."

무엇 때문에 화가 난 것인지는 알 수 없지만, 사장으로 있는 둘째 큰아버지의 심기 불편한 목소리에 수호가 대답한 후, 존 슐츠 일행을 이끌고 같은 층에 있는 회의실로 향했다.

＊　　　＊　　　＊

회의실에 들어선 사람들은 아무 말 없이 서로 눈치만 보았다.

존 슐츠를 따라온 청와대 외교 안보실 사무관인 전세균이나 방위사업청의 계획 운영 부장인 박영근은 굳이 자신들이 나서서 미군이 획득하려는 상품에 대한 로비를 해 줄 생각이 없었다.

그저 위에서 시키니 존 슐츠를 따라온 것뿐이다.

그런데 이상한 것은 정작 적극적으로 협상에 나서야 할 존 슐츠나 국방무관인 에던 호크가 전혀 말도 않고 앉아 있다는 점이었다.

이들을 이끌고 회의실로 온 수호 역시도 말이 없었다.

여기서 먼저 주제를 꺼내는 쪽이 고개를 숙이고 들어

가는 것이 되기 때문에 말하지 않는 것이다.

전세균과 박영근이야 굳이 나설 필요성을 느끼지 않기에 그런 것이지만, 다른 사람은 아니다.

그렇다고 수호가 먼저 고개를 숙일 이유가 없었다.

수호는 칼자루는 자신이 잡고 있는데 굳이 미군에게 약세를 보일 필요성이 없다는 생각에, 아니, 이번 기회에 미국에게 바가지를 옴팡지게 씌울 생각을 하고 있었기에 존 슐츠가 먼저 이야기를 꺼내길 기다리는 중이다.

사실 이번 협상은 SH화학, 아니, 수호가 개발한 방탄 스프레이를 필요로 하는 미국이 고개를 숙일 수밖에 없었다.

그러니 수호의 이야기를 듣고 쪼르르 큰형(주한 미국 대사)에게 찾아가 고자질을 하여 이곳의 큰형(대통령)을 압박하고 협력자(전세균과 박영근)를 대동해 SH를 찾아왔다.

하지만 이 둘도 미덥지 않아 혹은 두 사람이 말을 듣지 않을 때, 협박용으로 대사관 무관 에던 호크까지 대동했다.

그럼에도 수호는 이들을 보면서 전혀 기죽지 않고 오히려 느긋하게 이들이 하는 행동을 지켜볼 뿐이었다.

'아, 썩을. 왔으면 말을 해야 할 것 아냐!'

전세균과 박영근의 머릿속에는 온통 그 생각뿐이었다.

자발적으로 온 것도 아니고, 힘에 눌려 억지로 이곳까지 끌려온 두 사람의 입장에선 이렇게 아무 말도 없이 시간만 죽이고 있는 건 여간 곤혹이 아니었다.

그렇지만 두 사람의 기분이야 어찌 되었든 당사자들은 말없이 그저 가만히 서로의 눈치를 보며 상대의 기를 꺾기 위해, 아니, 존 슐츠만이 자신의 대적자인 수호의 기를 꺾기 위해 수호를 노려보고 있었다.

"할 말이 없으면 그만 일어납시다."

회의실에 들어온 지도 10여 분이 지났지만, 아무런 대화가 없자 수호는 그렇게 이야기하며 자리에서 일어났다.

'아······.'

수호의 말이 떨어지기 무섭게 존 슐츠는 자신이 무언가를 착각하고 있었는지 그제야 깨달았다.

먼저 협상에 대해 이야기를 꺼내는 쪽이 지는 것이라고 판단한 자신의 생각이 잘못되었다는 것을 알게 된 것이다.

상대는 자신들이 원하는 물건을 가지고 있었다.

그리고 그 물건은 현재 다른 곳(대한민국 국군)에 납품을 하고 있고, 아직도 수량이 부족한 상태다.

그런 반면, 자신들은 이곳에서 생산되어 한국군에 납품을 하고 있는 그것이 무척 필요했다.

자국 국민과 군인들의 생명을 무엇보다 소중히 하는 미국 정부의 입장에서 위험한 전장에 국익을 위해 목숨을 걸고 전쟁을 치르고 있는 군인들을 보호하기 위해 뭔가 보여 주어야만 한다.

그런 미국의 레이더에 획기적인 아이템이 걸려들었다.

뿌리기만 하면 총의 위협에서 안전을 도모할 수 있는 제품이 발견되었다.

미국의 입장에서 그 물건은 모든 것에 우선해 구입해야 했다.

존 슐츠는 초강대국 미국이란 것에 취해 그것을 잠시 망각했다.

한국, 아니, 정확하게 SH화학의 입장에서 미국에 물건을 더 팔면 좋고, 그렇지 않다고 해도 별 상관이 없는 일이었다.

그는 조금이라도 협상의 우위에 서기 위해 다른 나라나 동맹국에 그랬던 것처럼 목에 힘을 주며 버텼다.

하지만 그런 존 슐츠와 협상을 벌이는 SH화학의 협상가인 수호는 달랐다.

미국을 대표해 협상을 벌이는 존 슐츠를 상대로 한순

간도 약한 모습을 보이지 않았다.

아니, 오히려 존 슐츠보다 더 여유로운 모습을 보여 줄 뿐이다.

그러다 보니 존 슐츠는 다른 상대들과 다른 수호의 모습에 당황하였고, 저도 모르게 겁을 먹었다.

그러하였기에 협상에 도움을 받기 위해 대사관 무관을 대동했고, 한국의 고위 공무원과 계약의 주체인 방위사업청 직원까지 대동하였다.

존 슐츠는 이들을 대동하고 왔으니 자신의 위력을 알고 수호가 기가 죽어 협상에 임할 것이라 생각했다.

다시 말하지만, 존 슐츠의 판단은 그리 나쁜 것이 아니었다.

다른 나라 가까운 예로 일본인과 협상을 할 때 이랬다면 100% 예상이 맞아떨어졌을 것이다.

그렇지만 지금은 아니었다.

자신이 개발한 물건의 가치를 누구보다 더 잘 아는 수호에게 그런 방법은 눈곱만큼도 통하지 않았다.

"미스터 정의 말대로 한국 정부와 한국군의 양해를 받아 왔소. 그러니……."

존 슐츠는 이야기를 하면서 한쪽에 앉아 있는 전세균 사무관과 박영근 부장을 돌아보았다.

그가 두 사람을 돌아본 것은 자신의 말에 동조를 하

라는 의미였다.

이미 한국 정부와 협상을 통해 이번 일을 도와주는 대가로 미국도 한국 정부가 원하는 것을 들어주기로 했다.

그러니 두 사람도 이번 일에 협조를 하라는 것이다.

그런 존 슐츠의 눈짓에 전세균 사무관이 먼저 말을 꺼냈다.

"정 고문님, 이야기를 들어 보니 군에 납품을 하고 있는 그것의 필요한 수량은 이미 납품이 되었고, 나머지 물량은 예비 물자라고 하니 동맹인 미국이 급히 필요한 수량을 먼저 납품해 주는 것이 어떻습니까?"

전세균 사무관은 이미 사전에 협의된 대로 가감 없이 이야기하였다.

미국 쪽에서 듣기에 전세균 사무관이 하는 말은 청와대에서 자신들을 도와주기 위해 하는 말처럼 들렸다.

전세균 사무관의 말이 끝나기 무섭게 방위사업청에서 나온 박영근 부장도 비슷한 말을 하기 시작했다.

"저도 한 말씀 드리겠습니다."

자신보다 나이가 어린 수호를 상대로 박영근 부장이 조심스럽게 말하였다.

그의 이야기는 장황하지만, 사실 조금 전 전세균 사무관이 한 이야기와 거의 다르지 않았다.

동맹인 미국이 원하는 것을 들어주면 우리나라도 미국으로부터 대가를 받을 수 있다는 것이 이야기의 골자였다.

사실 이번 방탄 스프레이 건 때문에 미군을 도와주는 조건으로 한국은 미국으로부터 비행기 엔진 기술을 받기로 했다.

물론 미국에서 받기로 한 비행기 엔진 기술은 첨단의 것이 아닌 기존 FA—50에 들어가는 F404—GE—102였다.

모르는 사람은 '원래 가지고 있는 전투기 엔진인데 무슨 소리인가'라고 할 수도 있지만, 이것은 무척이나 중요한 문제다.

미국이 이번에 한국에 주기로 한 것은 정확하게 F404—GE—102가 아닌 구형인 F404 엔진이다.

F404—GE—102로 업그레이드한 구형이라, 어떻게 보면 FA—50에 들어가는 엔진보다 못한 기술인 것이다.

하지만 이를 다르게 생각하면 한국의 입장에선 이보다 좋을 수 없었다.

미국이 제공하는 F404 엔진의 경우, 한국이 생산을 하여 마음대로 외국에 팔 수 있었다.

물론 수출을 할 때 미국이 수출 규제를 하는 나라에

는 판매를 할 수 없다는 예외 조항이 있기는 했다.

하지만 어찌 되었든 그런 조항에 걸리지 않는 국가에 한해 마음대로 허락을 받지 않고 수출을 할 수 있고, 또 이스라엘처럼 F404 엔진을 마음대로 개조할 수 있다는 장점도 가지게 되었다.

한마디로 전투기 엔진을 개발하는 데 밑바닥부터 연구 개발하는 것이 아닌, F404라는 훌륭한 전투기 엔진을 기본으로 여러 가지 실험을 하면서 기술을 습득할 수 있게 된 것이다.

그렇기에 청와대도 사무관을 파견해 협상에 도움을 주기로 하였다.

물론 박영근 부장도 그런 이유에서 파견되었다.

이런 소식은 존 슐츠가 이곳을 찾아오기 전에 수호 또한 전해 들었다.

청와대는 이번 협상으로 얻게 된 전투기 엔진 기술을 대한에어로스페이스에 주기로 하였다.

대한에어로스페이스는 FA—50과 훈련기인 T—50에 들어가는 F404—GE—102 엔진을 면허 생산을 하고 있는 곳이었기에 청와대에서 그렇게 결정하였다.

어떻게 보면 재주는 SH화학이 부리고, 돈은 대한에어로스페이스가 챙기는 형상이 되었다.

이에 수호도 심보성 사장을 통해 자신의 뜻을 청와대

에 전달하였다.

수호가 청와대에 요구한 것은 바로 F404 엔진에 대한 연구를 위해 미국이 제공하는 설계도와 기술을 받겠다는 거였다.

아무 기반도 없는 상태에서 무리한 요구일 수도 있지만, 수호에게는 계획이 있었기에 그런 요구를 하였다.

이런 수호의 요구에 청와대나 이번 일에 연관된 고위 관료들은 불쾌한 표정을 보였지만, 이번 협상의 소득은 전적으로 SH화학에서 개발한 방탄 스프레이로 인해 발생한 것이니, 권리가 있다는 수호의 주장을 반박할 어떤 근거도 없었기에 들어줄 수밖에 없었다.

그리고 어차피 F404 엔진 기술을 가지고 있어 봐야 바로 써먹을 수도 없는 기술이기에 청와대는 물론이고, 청와대의 결정으로 기술을 얻게 된 대한에어로스페이스도 양보를 하였다.

이렇듯 기술 이전을 받기로 했으니 SH화학도 방탄 스프레이에 대한 계약을 미국과 해야만 하는 입장에서 수호가 이렇게 버티고 있는 것은, 명령을 받고 이곳에 온 전세균이나 박영근을 초조하게 만들었다.

하지만 어느 정도 이들을 애태웠다 판단을 한 수호는 슬그머니 자리에 앉았다.

존 슐츠나 청와대, 방위사업청에서 나온 이들을 긴장

하게 만들었으니 이제는 본격적으로 자신의 이득을 챙길 시간이었다.

'너희가 아무리 권력을 가지고 있다고 해도 지금 이 순간에 갑은 우리야.'

낡은 기술 하나로 청와대를 움직인 미국(존 슐츠)이라 해도, 그리고 얻을 것은 얻었다고 이제 알아서 하라는 듯한 청와대의 행보가 수호는 전혀 마음에 들지 않았다.

하지만 적당히 이들을 긴장시켰으니 목적은 어느 정도 이루었기에 이제는 회사가 이득을 취할 차례였다.

"미국도 자국 군대에 납품하는 가격과 동맹이나 타국과 계약할 때의 가격이 다른 것은 인정을 하죠?"

'나 이거 비싸게 팔 거다'라고 엄포를 놓는 것처럼 수호는 처음부터 운을 뗐다.

그런 수호의 엄포에 이를 듣고 있던 모든 사람들은 하나같이 황당하다는 표정이 되었다.

그도 그럴 것이, 일반적으로 물건을 두고 흥정하는 시장 상인도 물건을 사려는 손님에게 이렇게 노골적으로 비싸게 팔겠다고 이야기하지 않는다.

그런데 수호는 이런 룰을 깨뜨리며 협상을 시작했다.

"솔직히 우리 군에 납품하는 것은 애국 DC, 즉, discount된 금액인 것입니다. 그러니 미국……."

'헐!'

'뭐 저런…….'

수호의 이야기를 듣고 있던 전세균이나 박영근은 기가 막혀 할 말을 잃었다.

같은 나라 사람인 전세균과 박영근이 이러니 미국인인 존 슐츠나 에던 호크의 경우는 어떻겠는가.

비록 구형이기는 하지만, 전투기 엔진 기술까지 줘가며 구입하려는 물건을 비싼 가격에 사야만 한다는 말에 돌아 버릴 지경이었다.

그렇지만 어떤 일이 있어도 구매해야 하기에 참고 계속해서 수호의 이야기를 들었다.

5. 납치

정상현은 동생의 권유로 이직을 하고 약간의 지분을 받아 전문 경영인으로 회사를 운영하고 있다.

한때는 똑똑한 조카의 모습에 경계를 했고 시간이 흐르면서 엇나가는 조카의 모습에 안도의 한숨도 쉬었다.

물론 조카를 보면서 마냥 경계와 시기를 한 것은 아니다.

비록 어머니가 다른 이복동생의 자식이라 해도 조카는 조카였기에 삐뚤어지는 모습에 안도하는 마음과 함께 안타까움도 있었다.

그러던 조카가 군대에 입대하면서 정신을 차린 모습

에 정말로 거짓말 하나 없이 축하해 주었다.

솔직히 자식만 아니었어도 조카에게 그런 감정을 가지진 않았을 터인데, 다행히도 조카가 자신의 길을 찾은 것 같아 안심이 되었다.

그렇게 자식과 조카는 각자의 길을 찾아 열심히 살았다.

그러던 중 안타까운 소식이 전해졌다.

그것은 바로 자신의 분야에서 승승장구하며 나라에서 훈장까지 받은 조카가 장애를 안고 군대를 나와야 했다는 점이다.

더욱 안타까운 것은 몸 바쳐 충성을 다한 군대로부터 배신을 당했다.

그것은 배신이란 말밖에 정확하게 단정할 단어가 없었다.

직업 군인이 된 것만으로도 조카는 나라에 할 것을 다한 것이다.

많은 사람들이 군대에 가는 것을 꺼려하는 요즘, 조카는 의무 복무를 한 뒤에 자원입대하여 특수부대에 장기 복무를 하였다.

그런데 국내에서 근무하는 것도 아니고 전쟁터나 다름없는 중동의 아프가니스탄으로 파병을 갔다.

공식적으로는 열악한 환경에 처해 테러를 당하는 아

프가니스탄 국민들에게 의료 지원과 치안 유지를 하는 것이지만, 엄밀히 따지면 그곳에 파병되어 테러 조직과 전쟁을 벌이고 있는 미군을 도와 전투를 벌이는 일이었다.

의료 지원과 치안 유지만 하는 것이라면 굳이 특전사라 불리는 공수부대원인 조카가 그곳에 파병을 나갈 이유가 없지 않는가.

이렇듯 나라에 충성을 했지만, 작전 중 부상을 당한 조카는 그렇게 버려졌다.

그 때문에 활기차던 조카는 폐인이 되어 반년을 지냈다.

그러다 외국에 나가 조난을 당하고 난 다음 다시 돌아와 가족들을 놀라게 하였다.

어린 시절 방황을 하다 군인이란 길을 찾은 그때 이상으로 생기 가득하고, 또 뭔가 목표를 찾은 듯 열정적으로 삶을 살기 시작했다.

방송도 출현하고 군대 시절 상사를 만나 PMC의 교관이 되어 전직 특수부대원들을 교육하기도 했다.

뿐만 아니라 조카에게서 전혀 상상도 못 한 것을 보게 되었다.

그것이 무엇인가 하면, 바로 자신이 사장으로 있는 SH화학의 근간이 되는 단열재의 개발이었다.

그것으로 인해 위기에 처한 자신의 아들도 무사할 수 있었고, 또 자신은 경영권을 두고 암중으로 형님과 싸우던 것을 멈추고 독립할 수 있었다.

물론 독립이라 하지만, 온전하게 자신의 힘으로 한 것이 아닌, 어떻게 보면 바지사장이라 할 수 있는 위치였다.

하지만 지분도 10% 정도 가지고 있기에 조카와 동생에 이은 3대 주주인 셈이니 나쁘지 않았다.

거기까지였다면 좋았을 것인데, 조카는 똑똑해도 너무 똑똑했다.

1000도 이상의 달궈진 쇠 속에서 3초간 열을 차단하는 획기적인 물질을 개발한 것도 엄청난데, 그보다 더 획기적인 물질을 개발해 냈다.

사용하기에 따라 전 세계의 돈을 꽤 긁어모을 수 있는 물질이었다.

그로 인해 방위사업청과 수백억 원어치의 계약을 따온 것은 물론이고, 이제는 미군도 사용하겠다면 홍보도 하지 않았는데 알아서 찾아왔다.

자신은 회사의 사장으로서 미군이 계약을 하자고 찾아왔을 때, '이게 웬 떡이냐' 하는 생각에 바로 계약을 하려 하였다.

아직 처음 계약을 한 방위사업청에 계약한 물건을 모

두 납품한 것은 아니지만, 원래 사업이라는 것이 그렇지 않은가.

계약이 완료되기 전에 또 다른 납품처를 찾는 것은 당연한 것이다.

그럼에도 물질의 개발자인 조카는 자신이 가진 특허를 들이밀며 계약을 중지키셨다. 물론 나중에 그 이유를 듣긴 했지만, 기분이 나쁜 것은 사실이었다.

어찌 되었든 회사의 대표는 조카가 아닌 자신이었기 때문이다.

그리고 오늘도 그렇다.

처음 찾아왔던 미군의 군수 지원 부장이란 자는 자신을 보는 척 마는 척을 하고는 조카인 수호를 찾았다.

이미 이번 계약 건에 대해 조카가 담당하기로 이야기되었긴 하지만, 자신을 무시하는 듯한 그들의 태도가 마음에 들지 않았다.

그리고 당연하다는 듯 그들을 데리고 나가는 조카의 모습에서도 화가 무척 났다.

그렇다 보니 업무를 봐야 함에도 일이 쉬이 손에 잡히지 않았다.

그래서 무작정 회사를 나왔다.

바닷바람이라도 쐬면 기분이 좀 나아질 것 같았기 때문이다.

사실 상현은 머리가 복잡하거나 스트레스가 극에 달했을 때, 종종 이렇게 바닷바람을 맞으며 마음을 추슬렀다.

그렇게 밖으로 나온 김에 아들 준호가 있는 대천으로 향했다.

그런데 오늘 마가 끼었는지 일진이 좋지 못했다.

회사를 나와 대천으로 향하던 중, 사고가 났는지 그것을 수습하는 것 때문에 정체가 심했다.

이에 하는 수 없이 고속도로가 아닌 국도로 빠졌다.

회사를 나와 아들을 보러 가는 것에 고무되어 화도 어느 정도 가라앉고 스트레스도 어느 만큼은 풀렸다.

하지만 연이어 발생하는 정체 현상에 조금씩 짜증이 오려 했다.

"이번에는 또 뭐야?"

상현은 자신도 모르게 목소리가 올라갔다.

"잠시 보고 오겠습니다."

보조석에 있던 비서가 대답한 후, 얼른 차 문을 열고 나갔다.

길게 정체가 되고 있는 이유를 알아보기 위해서였다.

그런데 갑자기 상황이 급변했다.

비서가 차에서 내려 상황을 알아보기 위해 앞으로 나가기 무섭게, 앞에 정차를 하고 있던 차들 속에서 일단의 사람들이 쏟아져 나왔다.

그런데 그들은 한 손에 도끼며 칼 등 무기를 들고 그
가 타고 있는 차로 뛰어오기 시작했다.

"뭐 해! 차 돌려!"

상현은 자신이 있는 곳으로 무기를 들고 뛰어오는 사
람들을 보자 겁을 먹고 소리쳤다.

그런 상현의 큰소리에 운전기사가 급히 후진 기어를
걸고 차를 후진시켰다.

아직 차에서 내린 비서가 차에 도착하지도 못했지만,
이들은 비서를 차에 태울 겨를이 없었다.

아니, 운전기사가 기어를 후진에 걸고 있을 때 차에
서 내린 비서는 어느새 깡패들에게 붙잡혀 버렸다.

끼이익!

상현이 탄 차량이 요란한 엔진 소리를 내며 후진하였
다.

하지만 그가 탄 차는 얼마 가지 못해 사람들에게 둘
러싸이고 말았다.

이미 사전에 준비된 것인지, 상현이 탄 차가 도주하
지 못하게 뒤에서도 승합차가 가로막았기 때문이다.

"어, 어떻게……."

상현은 순간적으로 어떻게 해야 할지 갈피를 잡을 수
가 없었다.

조카는 무엇 때문인지, 어디를 가든 경호원을 꼭 대동하라고 했다.

하지만 오늘은 화가 머리 꼭대기까지 올라왔기에 회사를 나올 때 그들을 떼어 놓고 나왔다.

참으로 공교롭지 않을 수 없는 상황이었다.

마침 매일 따라다니던 경호원들을 떼어 놓은 때 하필 깡패들의 습격을 받은 것이다.

물론 지금 자신이 타고 있는 차를 둘러싸고 있는 깡패들의 숫자를 보면 '경호원들이 있다고 해서 도움이 될까?' 하는 의문이 들기는 하지만, 어찌 되었든 경호원이 있는 것과 없는 것의 차이는 엄청났다.

*   *   *

청와대 외교 안보실 전세균 사무관은 지금 SH화학의 고문이란 젊은 사내와 존 슐츠 미군 군수 지원부 부장이 하는 대화를 듣고 경악을 금치 못했다.

이들이 계약하려는 품목의 거래 가격 때문이었다.

미군이 납품을 받으려는 것은 그가 지금까지 한 번도 들어 보지 못한 물건이었다.

말로만 들으면 참으로 황당한 것을 오래전 TV 프로그램에서 방영한 적이 있는, '믿거나 말거나' 라는 프로그램에 소개되었다.

물체에 뿌리기만 하면 총알도 막아 낼 수 있는 방탄 스프레이라는 것이 바로 그것이다.

청와대 사무관으로 그런 황당한 이야기를 듣고 믿지 않았는데, 미군이 그것을 원하고 있고 그것을 얻기 위해 구형이기는 하지만, 전투기 엔진 기술을 헐값에 한국 정부에 내놓기로 하였다는 이야기를 들었을 때는 어처구니가 없기도 했다.

솔직히 오늘 이곳에 존 슐츠를 따라오면서도 사실 그 말을 믿지 않았다.

그런데 아니었다.

자신이 어떻게 생각하건 그것은 존재했고 방위사업청에서 확인해 주었다.

그리고 이곳에 와서 무엇 때문에 미국이 구형이기는 하지만, 아직도 일각에서 사용하고 있는 전투기 엔진 기술을 넘겼는지 이해할 수 있었다.

"120㎖ 한 통에 500달러라니, 그건 너무 비싸지 않습니까?"

존 슐츠는 방탄 스프레이 한 통에 500달러라는 수호의 이야기에 눈을 크게 뜨며 항의했다.

그도 그럴 것이, 수호가 방위사업청과 계약한 금액은 그 절반에도 훨씬 미치지 않는 140달러 정도였다.

그런데 자신들에게 세 배가 넘는 500달러를 부르는 것에 화가 났다.

"아니, 그게 뭐가 비싸다는 말씀입니까?"

수호는 비싸다고 항의하는 존 슐츠를 보며 이해할 수 없다는 표정을 지었다.

하지만 한국군에게 들어가는 납품 금액을 알고 있는 존 슐츠나 그 계약의 당사자인 박영근은 수호가 하는 말에 놀랐다.

한 사람은 화를 내고, 또 한 사람은 수호가 부른 가격에 황당하다는 얼굴을 했다.

그런 사람들의 표정이 어떻든 수호는 결코 자신이 개발한 방탄 스프레이의 납품 가격을 낮출 생각이 없었다.

솔직히 방탄 스프레이에 들어가는 원가는 얼마 되지 않는다.

그런데 자신이 아닌 다른 사람이, 미국의 유명 연구 시설이라고 해서 이와 똑같은, 아니, 비슷한 성능을 내는 물건을 만들어 낼 수나 있을지 의문이었다.

혹여 만들어 낸다고 해도 그 과정에서 들어가는 비용을 자신처럼 최소화할 수 있을까?

수호는 그건 아니라는 생각이었다.

비슷한 물건을 만들어 낸다고 해도 그것을 연구하는

울트라 코리아

과정에서 소모되는 시간이며, 연구에 들어가는 자원과 인력 등을 생각하면 솔직히 자신이 부른 가격은 절대 비싸지 않았다.

그러니 이렇게 배짱을 부릴 수 있는 것이다.

"이것을 개발하기까지 들어간 시간이나 노력은 차치하고 재료와 연구 시설, 연구원들에 대한 인건비를 생각하신다면 제가 말한 금액이 절대 비싸다 말할 수는 없을 것입니다. 만약……."

수호는 이야기를 하다 잠시 중단하고 존 슐츠를 빤히 쳐다보았다.

"500달러가 비싸다고 한다면 직접 미국에서 개발하시기 바랍니다."

그러곤 마치 최후통첩이라도 하듯 단호하게 말하였다.

"음……."

너무도 단호한 수호의 말에 순간 존 슐츠를 비롯한 회의실 안의 사람들이 침음을 흘렸다.

"그래서 우리 미국이 한국이 원하는 전투기 엔진 기술도 헐값에 이전해 주기로 하지 않았습니까?"

보다 못한 미 대사관 무관인 에던 호크가 나서서 이야기를 했다.

전투기 엔진 기술 또한 첨단이기에 단시일에 개발할

수는 없다.

하지만 여기서 미국이 한국에 기술을 이전하기로 한 전투기 엔진 기술은 첨단이라고 해도 최신 기술은 아니었다.

F404 엔진은 1970년대 개발된 것으로, 이 엔진을 탑재한 전투기는 미 해군이 운용하던 FA—18 호넷 전투기다.

이 호넷 전투기는 미 해군에서 더 이상 운용되고 있지 않으며 전량 슈퍼 호넷으로 교체되었다.

교체된 슈퍼 호넷은 그냥 이름만 앞에 슈퍼가 붙은 것이 아닌, 기존 FA—18 호넷 전투기보다 더 커지고 엔진 출력도 40%나 향상된 F414 엔진을 탑재하고 있어 모양만 비슷할 뿐 완전히 다른 전투기다.

하지만 미국이 가진 전투기 엔진은 이 슈퍼 호넷에 들어가는 F414 엔진이 최신의 것이 아니다.

그보다 최신의 엔진이 더 있었다.

그러니 수호는 미국이 한국에 기술 이전해 주기로 했다는 F404 엔진 기술을 가지고 떠드는 것에 그리 관심을 보이지 않은 것이다.

그리고 자신에게는 슬레인이란 만능 집사가 있었다.

마음만 먹는다면 미국이 가진 최신 전투기 엔진 기술도 단시일 내에 만들어 낼 수 있는 능력을 가지고 있었다.

하지만 그렇게 했다가는 세상의 이목이 자신에게 집중될 것이 분명했기에 그렇게 하지 않고 구형인 F404 엔진 기술을 가지려 하는 것이다.

그것을 가져와야 나중에 새로운 전투기 엔진을 개발했다고 해도 이를 믿을 것이기 때문이다.

사실 한국에 전투기 엔진 기술은 있었다.

대한에어로스페이스는 F404 엔진 기술은 물론이고, 보다 개량된 F404—GE—400, F414—GE—400 엔진 기술마저 가지고 있다.

이는 한국에서 생산되고 있는 T—50, FA—50 경공격기와 대한민국이 개발하고 있는 KF—X에 들어가는 전투기 엔진들이기 때문에 미국으로부터 라이선스 생산 및 엔진 정비를 하면서 취득하였다.

그렇지만 한국 정부가 F404 엔진에 대한 기술 이전을 받은 이유는 바로 자체 생산 및 독자적 연구와 개량을 하기 위해서다.

이는 수호도 같은 생각을 하고 있기에 정부의 이번 협상에 어깃장을 놓지 않은 것이다.

더욱이 F404는 이미 안정성이 검증된 전투기 엔진이다.

즉, 새로 개발하는 것보다 안정성에서 이미 검증된

것이기에 이것을 기반으로 성능 개량을 하는 것이, 새로 개발하는 것보다 시간적으로나 비용 면에서 좋은 선택인 것이다.

"500달러가 비싸다는 생각만 하지 마시고 이렇게 생각하는 것은 어떻습니까?"

수호는 전에 방위 사업청장에게 한 이야기를 존 슐츠와 다른 사람들에게 들려주었다.

방탄복이나 방탄판에 방탄 스프레이를 뿌려 성능 향상을 하는 것이 아닌 군인들이 입고 생활을 하는 전투복에 직접 방탄 스프레이를 뿌리는 것 말이다.

이 말을 들은 존 슐츠는 순간 아무 말도 하지 못하고 눈만 깜빡거렸다.

그건 존 슐츠만이 아닌 수호를 뺀 회의실 안에 있던 사람들 모두가 그랬다.

'전투복에 이걸 뿌린다고?'

수호의 이야기를 들은 사람들은 하나같이 머릿속으로 방금 전 그가 한 말을 떠올려 보았다.

그저 단순히 염색을 한 천 조각에 지나지 않는 전투복에 뿌리기만 하면 방탄 기능을 할 수 있는 방탄 스프레이를 뿌렸을 때를 떠올렸다.

'헐!'

'헉!'

'지저스!'

'유레카!'

사람마다 떠올린 단어는 달랐지만, 공통점이 있었다.

그것은 이들이 지금까지 방탄 스프레이의 용처를 너무 한 방향으로만 생각했다는 것이다.

그런데 수호에게 이야기를 듣다 보니 사고의 폭이 늘어났다.

'맞아. 굳이 방탄복에만 사용할 필요가 없지! 세상에나.'

존 슐츠는 머릿속이 뻥 뚫리는 듯한 시원함을 느끼며 그런 생각을 떠올렸다.

그러면서 방탄 스프레이의 사용처에 대한 생각이 맹렬하게 맴돌았다.

＊　　　＊　　　＊

주한미군 군수 지원 부장인 존 슐츠와 그 일행들은 수호의 방탄 스프레이를 1통당 500달러 금액에 합의를 보고 계약까지 체결한 뒤에야 돌아갔다.

SH화학과 미군 사이에 체결된 계약 내용을 들여다보면, 우선 1차로 방탄 스프레이 15만 개를 납품하기로 하였다.

이는 7,500만 달러의 엄청난 금액이 아닐 수 없었다.

그런데 이것은 미군이 사용할 전체 물량도 아니고 중동에 파견된 해병대에 사용할 물량만 급히 계약을 한 것이다.

다만, 2차 물량은 조금 더 시일을 두고 납품하기로 합의를 보았다.

그도 그럴 것이, 1차 물량의 경우 아직 대한민국 군에 납품 계약이 완료되지 않은 상태에서 한국 정부가 전투기 엔진 기술을 이전받는 조건으로 잠시 납품 기간을 유예하고, 대신 미군에 1차 15만 개를 먼저 받을 수 있게 양보해 주었다.

그러니 미군이 계약한 1차 분량의 방탄 스프레이에 대한 납품이 완료되면 다시 한국군에 남은 수량을 납품해야 하기에 미군의 2차 분량 계약은 뒤로 미루어진 것이다.

존 슐츠와 수호, 미군과 SH화학 간에 납품 계약을 하기 전에 논의할 때까지만 해도 조금이라도 자신들 쪽에 유리하도록 계약하기 위해 첨예하게 대립을 했지만, 일단 계약이 완료가 된 뒤에는 서로 웃으며 악수하고 좋은 분위기 속에서 헤어졌다.

"계약은 잘 끝냈냐?"

중현은 미군과의 방탄 스프레이 납품 건에 대한 계약

의 성사에 대해 물었다.

"네, 개당 500달러에 납품하기로 했어요."

"뭐? 500달러?"

수호가 방탄 스프레이를 개당 500달러에 계약했다는 말에 깜짝 놀란 중현은 믿기지 않아 다시 한번 물어보았다.

"네, 우선 1차로 15만 개를 주문했어요."

아버지가 500달러에 계약했다는 말에 너무 놀라는 모습이 재미있었는지 수호는 눈웃음을 지으며 1차로 납품할 수량을 말해 주었다.

"뭐? 개당 500달러나 하는 그것을 15만 개나 주문했다고? 그것도……."

중현은 아들이 하는 말에 순간적으로 할 말을 잃었다.

이번 미군에 납품 계약을 하고 단번에 벌어들인 금액이 무려 7,500만 달러나 되었다.

그중 재료비와 인건비, 그리고 공장 가동에 들어가는 전기료와 부대 비용을 제하고 대충 계산해 봐도 최소 5천만 달러 이상의 순이익이 발생할 것이다.

요즘 1달러당 원화 환율이 1,200원 정도 하니, 순이익만 최소 600억 원이나 되었다.

정말이지 듣기만 해도 절로 배가 부르는 이야기였다.

"그런데 큰아버지는 어디 계세요? 계약 내용을 알려 드려야 하는데."

존 슐츠와 계약을 끝내고 이를 최종적으로 사장인 상현에게 보고하기 위해 사장실을 찾았지만 그를 만날 수가 없어 전무인 아버지에게 물었다.

"외부에 일을 보러 나가신 듯하다."

중현은 자신도 형인 상현의 행방을 알지 못하기에 그리 이야기하였다.

"아니, 외부에 나가셨다고요?"

수호는 문득 이상한 예감이 들었다.

조금 전 큰아버지에게 보고하러 갔다가 비서에게서 이상한 소리를 들었기 때문이다.

큰아버지인 상현이 수행비서 한 명만 데리고 나갔다는 이야기를 말이다.

그때는 그저 수행비서만 데려갔으니 당연히 공장에 가셨을 거라 생각했다.

그런데 회사 외부로 나갔다는 말에 뭔가 기분 나쁜 느낌이 쎄하게 느껴졌다.

"그럼 경호원들은요?"

혹시나 싶어 경호원을 대동했는지 물었다.

"음, 무슨 일 있는 거냐?"

중현이 심각해지는 수호의 표정에 긴장하며 물어보았

다.

그러지 않아도 얼마 전, 수호가 자신과 둘째 형에게 경호원을 동행하라고 한 통에 여간 불편한 것이 아님에도 필요한 것이라 생각해 조용히 그 말에 따랐다.

회사에서 생산하는 특수 단열재와 방탄 스프레이 등을 개발할 정도로 뛰어난 능력의 소유자인 아들이 아무 근거도 없이 경호원과 함께 다니라고 했을 리가 없기 때문이었다.

"그게……."

수호는 얼마 전 자신이 납치될 뻔한 일을 중현에게 들려주었다.

다행히 자신은 순간적 기지를 발휘해 빠져나왔지만, 그들이 이번에는 아버지나 큰아버지를 노릴 수도 있다는 취지에서 사실을 각색해 이야기하였다.

자신을 직접적으로 노리고 납치를 기도하던 문성국과 아시아 평화 연구소 인원들이야 모두 제압하고 금제까지 심어 두었다.

하지만 문제의 발단이 된 심양컴텍의 주상욱 사장의 경우, 직접 손을 쓴 것이 아니기에 감시만 하는 상태였다.

둘째 큰아버지에게 전에 문성국이 찾아와 협박한 일 때문에 경호원을 두라고 이야기했다.

이에 정상현은 당시 느낀 두려움에 경호 전문 업체인 백호 가드에서 경호원을 네 명이나 계약하였다.

중현의 경우에는 이미 수호가 아레스에 말하여 경호하고 있었기에 따로 경호원을 두진 않았다.

그런데 무슨 일인지 상현이 경호원들을 떼어 놓고 외부로 나간 것을 알게 되자 두 사람은 걱정하지 않을 수가 없었다.

＊　　　＊　　　＊

상현은 홧김에 경호원도 없이 나온 것을 후회했다.

괜한 자격지심에 비서와 운전기사만 대동한 채 회사에서 나왔다가 누군가에게 납치되어 버렸다.

이들은 사전에 모든 것을 준비하고 있던 것인지, 한 치의 망설임도 없이 자신이 탄 차가 정차를 하고 비서가 내리기 무섭게 차에서 나와 포위하고 자신을 차에서 끌어냈다.

그러곤 손발이 포박되고 머리에는 검은 비닐이 씌워진 상태로 어디론가 끌려가고 있었다.

"윽!"

손발이 뒤로 묶인 상태이다 보니 자세가 여간 불편한 게 아니었다.

더욱이 아무래도 승합차에 구겨지다시피 누워 있으니 답답하기도 했다.

무엇보다도 머리에 쓰고 있는 검은 비닐봉지로 인해 앞이 보이지 않는다는 것이 그를 두렵게 만들었다.

"사장님, 괜찮으십니까?"

"어? 김 비서, 자네까지 붙잡힌 거야?"

자신을 부르는 비서의 목소리에 얼른 물었다.

"그런 것 같습니다."

차에서 내린 김 비서가 깡패들에게 붙잡히는 모습은 상현도 보았다.

하지만 자신이 깡패들에게 둘러싸여 차에서 끌려나올 때, 자신의 운전기사는 깡패들에게 붙잡히지 않고 풀려났다.

그것을 보면 이들이 자신에게 뭔가 노리는 것이 있다는 것을 짐작할 수 있었다.

뭔가 요구하는 것이 있으니 자신이 납치되었다는 것을 다른 사람에게 알리기 위해 자신이 아닌 다른 사람은 풀어 준 것이라 판단을 하였다.

물론 납치된 사실을 다른 방법으로 알리는 방법도 있을 것이지만, 성인 남성을 여럿 데리고 다니는 것은 손이 많이 가는 일이다.

납치범들은 이런 사실을 잘 알기에 운전기사는 풀어

주고 자신만 납치하는 것이라고 생각했다.

그런데 의외로 김 비서까지 함께 납치한 것을 보면 이들이 무엇을 노리고 있는지 알 수가 없었다.

다만, 자신들의 얼굴을 보지 못하게 검정 비닐봉지를 머리에 씌운 것을 보면 목숨을 노리고 있는 것은 아닌 것 같아 조금 안심이 되었다.

"머리에 이런 것을 씌운 걸 보면 최악은 아닌 것 같으니 조금만 참아 봐."

이런 상황을 겪어 본 것은 아니지만, 나이가 나이다 보니 사회적 연륜이 있어서 두려움 속에서도 약간은 정신을 차릴 수 있었다.

덜컹!

막 정신을 추스르고 있을 때, 그들이 타고 있는 차가 덜컹거리며 멈추는 것이 느껴졌다.

드르륵.

승합차의 미닫이문이 열리는 소리가 들렸다.

덥석!

상현은 아무것도 보이지 않는 중에도 누군가가 자신의 묶인 양팔을 붙잡는 걸 느꼈다.

"반항하지 마시라요."

'응?'

자신을 붙잡고 차에서 끌어 내린 사내의 억양이 이상

했다.

'북한 사람인가?'

그의 말투를 듣고 가장 먼저 생각난 건 북한이었다.

하지만 그것도 잠시, 자신을 납치한 범인이 북한 사람, 아니, 간첩이라 생각하기에 대한민국의 치안은 너무도 뛰어났다.

'아니, 느낌이 좀 다른 것 같은데?'

간첩이라고 하기에는 느낌이 간첩 같지 않고 너무도 부드러웠다.

그래서 '간첩이 아니면 누굴까?' 하는 생각을 하다 조선족을 떠올렸다.

'그래, 조선족 깡패들은 돈만 주면 무슨 일이든 한다고 하던데……'

사업을 하면서 들은 이야기가 있었다.

한국에는 많은 수의 외국인 노동자들이 있는데, 그들 중 한국 사람과 말도 통하고 혈통적으로 동질성이 짙은 조선족이 꽤나 이주해서 많은 분야에 진출하고 있다고 들은 기억이 났다.

'후우! 후우!'

자신을 납치한 범인들이 조선족 깡패라는 생각이 들자 순간 숨이 가빠 왔다.

하필이면 돈이면 뭐든지 하는 조선족 깡패라는 것이

그를 두렵게 만들었다.

*　　　*　　　*

아삼은 타깃인 상현을 납치하여 조직의 사업장이 있는 대림동으로 왔다.

조선족인 그로서는 한국의 지리에 대해 잘 알지 못하기에 인적이 드문 한국의 산 같은 곳을 찾기보단 익숙한 대림동으로 온 것이다.

"대형, 데려왔습다."

사업장이 있는 건물 지하에 상현과 그의 비서를 데려다 놓은 뒤, 보스인 진룡에게 와 보고를 하였다.

"그래, 아무도 본 사람 없지?"

"없습다."

"좋아. 수고했다."

턱!

진룡은 수고한 아삼을 칭찬하고는 그의 앞에 5만 원권 묶음 두 개를 던져 주었다.

"아들 데리고 목이라도 씻겨라."

아삼은 돈다발을 던져 주는 진룡에게 얼른 고개 숙여 인사하였다.

"대형, 감사함다."

휙! 휙!

돈을 주는 자신에게 감사 인사를 하는 아삼에게 진룡은 귀찮다는 듯 손짓을 해 보였다.

그런 진룡의 모습에 아삼은 얼른 인사한 후, 밖으로 나갔다.

아삼이 나가자 진룡은 전화기를 들어 주상욱에게 연락하였다.

"물건 가져다 놓았으니 가져가시오."

왠지 꺼림칙한 일에 말려든 것 같은 느낌을 떨칠 수 없던 진룡은 부하들이 타깃을 납치하는 것에 성공하자, 바로 그것을 의뢰한 주상욱에게 넘기려 했다.

드르륵! 드르륵!

주상욱에게 전화를 한 진룡은 의뢰엔 성공했지만, 계속해서 그의 가슴 한쪽에서 찌르는 불길한 예감을 떨칠 수가 없었다.

지금까지 이런 느낌을 받았을 때, 한 번도 예상이 빗나간 적이 없었기에 진룡은 뭔지 모를 두려움에 휩싸였다.

이런 진룡의 걱정은 몇 시간 뒤에 사실이 되었다.

*   *   *

"아니, 이게 어떻게 된 거야?"

중현이 놀란 얼굴을 하며 회사 안으로 들어오는 승용차를 보자 소리쳤다.

그도 그럴 것이, 지금 회사 안으로 들어오는 차량은 SH화학의 사장이자 자신의 이복형인 상현의 차였기 때문이다.

그런데 차량의 상태가 꽤나 좋지 못했다.

앞 유리를 비롯한 유리들은 심하게 파손되어 있었고 보닛과 문들은 여기저기 찌그러져 있었다.

한눈에 봐도 뭔가 사고가 있었음을 알 수 있었다.

그런데 이를 보고 있던 중현을 놀라게 한 것은 바로 차에서 내리는 운전기사 양상운의 모습을 보았을 때다.

얼굴 여기저기가 누군가에게 구타를 당한 것인지 멍자국과 코와 입가로 핏자국이 보였다.

"양 기사, 어떻게 된 일이야?"

중현은 급히 양상운 기사에게 달려가 자초지종을 물었다.

"전무님, 큰일 났습니다."

어떻게 된 일이냐는 물음에 양상운은 다른 말이 아닌 큰일 났다는 말만 되풀이했다.

"큰일이라니, 도대체 무슨 일이 벌어진 것인지 말을 해 봐!"

"그게……."

양상운은 한 시간 전 자신에게 일어난 일을 하나도 빠짐없이 이야기하였다.

"뭐라고? 형님이 납치가 되었다고?"

"예, 그런데 그놈들, 우리나라 사람이 아닌 것 같았습니다."

놀라는 중현의 말에 양상운은 뭔가 생각이 났다는 듯 소리쳤다.

"우리나라 사람이 아니라니? 그건 또 무슨 말이야?"

상현은 고개를 갸웃거리다 오전에 회사를 찾아왔던 존 슐츠 일행을 떠올렸다.

하지만 곧 머리를 흔들며 부정하였다.

존 슐츠 일행은 수호와 납품 계약을 원만하게 끝내고 웃는 얼굴로 돌아갔기 때문이다.

그러다 문득 몇 달 전 회사로 찾아와 협박을 하던 문성국의 얼굴이 떠올랐다.

'설마!'

당시 문성국은 회사를 나가며 자신들에게 협박을 했다.

그런 생각이 떠오르자 중현은 급히 아들을 찾아 나섰다.

6. 출동

운전기사인 양상운이 돌아와 전한 말을 듣고 SH화학의 사장인 정상현이 누군가에 의해 납치되었다는 소식이 곧 회사 내에 퍼졌다.

　호사다마라고 했나.

　회사 설립 초기부터 대박을 터뜨리며 확장을 하고, 또 신제품을 개발해 그 또한 방위사업청과 수백억 원 규모의 계약을 체결한 것은 물론이고, 어떻게 알았는지 주한미군도 찾아와 1차로 7,500만 달러 규모의 납품 계약을 하였다.

　그런데 이렇게 좋은 날 사장이 누군가에게 납치되어

버렸다.

'심양컴텍의 주상욱 사장이 연관이 있는 게 확실하네.'

양상운이 돌아와 전달한 이야기를 들은 수호는 자신의 둘째 큰아버지를 납치한 범인들이 누군지는 확실하지 않지만, 그들의 배후에 심양컴텍의 주상욱이 있을 것이라고 확신했다.

자신을 납치한 아시아 평화 연구소의 문성국이 심양컴텍의 주상욱에게 직접 이야기를 들었다고 하지 않았는가.

자신은 욕심이 나 혼자 독식하기 위해 덤벼든 것이란 이야기도 했다.

그리고 문성국이 덧붙이길, 주상욱은 욕심이 많아 결코 포기하진 않을 것이라고 첨언하였다.

이익을 위해서라면 나라도 팔아먹을 인간이 주상욱이라 하였다.

자신은 그래도 어느 정도 선을 지키지만, 주상욱은 절대 그렇지 않다고 구한말 조선을 팔아먹은 매국노를 선조로 둔 주상욱은 그 할아버지보다 더한 악질이라 하였다.

물론 그런 말을 하고 문성국은 다시 한번 수호에게 폭행을 당했다.

그런 것을 알면서도 함께 어울린 문성국이나 집단에 속한 국회의원 모두가 똑같은 놈이라는 이유에서다.

그래도 문성국은 수호에게 당하면서도 끝까지 자신은 매국노는 아니라고 떠들어 댔다.

미국은 대한민국에 맹방이니, 혈맹이니 적당히 정보를 넘기고 이득을 취하는 것이 뭐가 나쁘냐고 떠들었다.

어차피 자신이 아니더라도 미국이나 일본에 정보를 팔아먹을 인간은 대한민국에 쌔고 쌨는데, 자신이라고 못할 것이 무어냐고 말이다.

목숨을 걸고 국가를 위해 노력했지만, 윗선에 있는 놈들은 입으로는 나라에 충성을 떠들면서 저희가 해 먹을 것은 다 해 먹고, 그것이 들켰을 때는 자신들을 희생양 삼아 총알받이로 언론에 던져 주었다.

그러한 사실을 알았을 때, 자신의 선배들과 부하들이 그렇게 희생되는 모습을 본 뒤로 자신도 살기 위해 그렇게 행동했다고 떠들었다.

그런 문성국의 악다구니를 듣고 폭행을 멈췄다.

물론 그것이 문성국의 입장에서 폭행이지, 수호는 많은 힘을 빼고 손을 본 것이었지만 말이다.

그러나 문성국은 알지 못했다.

그가 어느 정도 쓸모가 있기에 수호가 그 정도로 손

을 보고 끝냈다는 것을 말이다.

앞으로 자신이 하는 일에 손발이 되어 줄 존재들이 필요하다 생각지 않았다면, 문성국이나 그의 지시를 듣고 자신을 납치한 김국진이나 창고에 있던 이들은 모두 속초의 깡패 조직인 창호파처럼 비슷한 최후를 맞았을 것이다.

"아버지, 제가 해결할 테니 너무 걱정하지 말고 기다리세요."

수호는 자신의 이복형이 납치되었다는 사실에 걱정하는 아버지를 보며 그렇게 안심시켰다.

우려하던 일이 현실로 돌아왔으니 걱정이 안 될 수가 없었다.

"혹시 전에 왔던 그놈들이냐?"

중현은 아들의 말을 듣고 혹시나 싶어 그리 물었다.

당시 총까지 꺼내 드는 그들을 보며 중현도 많은 두려움을 느꼈다.

다행히 그 뒤로 별다른 이상이 없었기에 안심을 하고 있었는데, 이런 일이 발생하니 다시금 두려워진 것이다.

총까지 공공연하게 쓰는 놈들이니 어느 누가 두렵지 않겠는가.

"그놈들은 아니에요."

수호는 걱정하는 아버지를 보며 단호하게 대답하였다.

"응? 그건 또 무슨 소리냐?"

중현은 아들의 말에 뭔가 이상한 촉이 느껴져 물었다.

"설마 그놈들 말고 우리 물건을 노리는 놈들이 또 있다는 말이냐?"

사업을 하다 보면 설탕물에 파리가 끼는 것처럼 돈을 노리고 접근하는 놈들이 있었다.

그것이 정치인이 되었든, 아니면 깡패가 되었든 말이다.

그런데 전에 총까지 겨누며 협박을 하던 문성국 일행 말고도 또 다른 놈들이 있다는 소리에 중현은 아연실색하며 물었다.

"그놈들과 한 조직에 있는 놈인데……."

"그래? 그럼 너도 알고 있는 놈들이야?"

수호는 한 명을 말하고 있지만, 이야기를 들은 중현은 결코 그런 일은 한 명이 할 수 없는 일이라 단정하며 복수로 물었다.

조금 전 양상운이 돌아와 전한 이야기가 있었기에 그리 생각하는 것이다.

"둘째 큰아버지를 납치한 놈은 아마 어디 깡패 조직

이나 흥신소 직원들을 이용해 큰아버지를 납치한 것일 거예요."

"그러냐?"

"그러니 너무 걱정하지 마시고 기다리세요."

수호는 그렇게 이야기하곤 회사를 나섰다.

기다리라고 하고 회사를 나가는 아들의 모습에 다른 사람들 같으면 걱정했을 테지만, 중현은 그러지 않았다.

아니, 오히려 다른 사람도 아니고 아들이 나서는 것에 오히려 안심이 되었다.

'그래, 기다리고 있을 테니 네 둘째 큰아버지를 무사히 구해 와라.'

중현은 아들의 뒷모습을 보며 그렇게 기도하였다.

*　　　*　　　*

한편, 회사를 나온 수호는 우라노스를 타고 달리며 슬레인과 통화를 하였다.

"방심했다."

[그렇습니다. 설마 주상욱이 이렇게 빨리 행동에 들어갈 줄은 몰랐습니다.]

슬레인이 수호의 말에 답하였다.

문성국에게 전말을 듣고 난 뒤, 수호는 바로 심양컴텍의 주상욱을 찾아가 금제를 하려다 말았다.

어차피 그에게는 문성국과 같은 무력 조직이 없었기에 굳이 급하게 그를 처리할 이유가 없다고 판단했기 때문이다.

그보단 납치를 당하고 창고 안에서 한 번 느낀, 자신의 신체에 일어난 일을 알아내는 것이 중요했다.

그래서 주상욱의 일은 이선으로 미뤄 두었다.

하지만 그때의 판단이 이런 결과를 낼 줄은 상상도 못 했다.

[이미 벌어진 일이니 어쩔 수 없다고 생각합니다.]

슬레인은 이번 일이 불가항력적이었다고 생각했다.

주인인 수호의 몸에 대해 알아보는 것이 그 당시에는 그 무엇보다 우선시되어야 하는 일이었다.

그 일이 수호의 부모님과 연관되었다고 해도 슬레인에게 최우선 순위는 수호였기 때문에 그의 몸에 그동안 알고 있던 것에서 변화가 생겼다는 그것을 알아내는 것이 급선무였다.

그 변화가 나중에 어떤 변수로 작용할지 예상을 할 수 없기에.

그리고 주인의 신변을 체크하여 변수를 줄이는 것이 슬레이브인 슬레인이 존재하는 이유였다.

"그래, 네 말이 맞아, 슬레인. 그런데 이번 일을 벌인 놈들은 누굴까?"

수호는 그것이 궁금했다.

분명 문성국에게 듣기로 심양컴텍의 주상욱 사장은 깡패나 그와 같은 첩보 조직과 연관이 전혀 없다고 했다.

다만, 목적을 위해 종종 깡패들을 동원하기도 한다는 이야기를 들었다.

그렇기에 수호는 자신의 둘째 큰아버지를 납치한 것은 주상욱의 의뢰를 받은 깡패일 가능성이 높다고 판단하고 있었다.

아버지에게는 조금이나마 안심시켜 드리기 위해 흥신소도 이야기했지만, 흥신소는 이번 일과 관련이 없을 것이라 판단했다.

아무리 흥신소가 돈이 되는 일이라면 불법도 마다않고 의뢰를 받는다 하지만, 쇠파이프나 도끼 등 무기를 들고 사람을 납치하지는 않는다.

그냥 납치를 하면 했지, 그렇게 무식한 방법으로 납치하지 않는 것이 흥신소의 업무 방식이었다.

납치를 하는 것도 중죄인데, 무기를 들고 그렇게 한다는 것은 그 순간부터 살인 미수인 것이다.

그럴 목적도 없는데 굳이 여러 명이 계획적으로 대상

의 차를 앞뒤로 덮쳐 꼼짝 못 하게 한 상태에서 무기를 꺼낼 이유가 없기 때문이다.

물론 위협을 하기 위해 칼이나 무기를 꺼내 보일 수는 있다. 하지만 검찰이 볼 때 그렇구나 하고 넘어가지 않는다.

오히려 검찰에서는 그 사실 하나만으로 납치 및 협박, 폭력 조직 결성, 불법 무기 소지 등등 많은 죄목을 달 것이기 때문이다.

특히나 SH화학은 국가 전력에 깊은 연관이 있는 사업을 하고 있었다.

그러니 어쩌면 이와 연관해서 더 많은 죄목을 넣어 기소할 것이 분명했다.

자칫 시간이 늦어지면 아직은 모르겠지만, 둘째 큰아버지와 함께 붙잡힌 비서의 목숨이 위험할 수도 있었다.

[문성국에게 연락해서 알아보는 것은 어떻습니까?]

슬레인은 그래도 주상욱과 같은 조직에 있는 문성국을 통해 '주상욱이 누구에게 둘째 큰아버지를 납치하게끔 의뢰했는지 알아보는 것이 어떠냐' 라는 의견을 냈다.

하지만 수호의 생각은 달랐다.

굳이 문성국을 통하기보다 주상욱의 최근 통화 내역

을 알아보는 것이 더 빠르지 않을까 생각을 하였다.

"문성국의 전화번호 알지?"

[네, 알고 있습니다.]

"그럼 그것들을 조사해 봐."

[네, 알겠습니다.]

슬레인은 바로 수호의 지시에 대답하였다.

그런 슬레인의 대답에 수호는 다시 한번 명령을 수정했다.

"혹시 모르니 주변 사람들의 통화 목록까지 살펴봐."

[예, 그렇게 하겠습니다.]

영화에 보면 악당들은 결코 전화기를 하나만 가지고 있지 않다.

본인 명의의 전화기를 가지고 있으면서, 꼭 다른 전화기를 가지고 있다.

들켜도 되는 통화를 할 때는 자신 명의의 전화기를 이용한다.

하지만 범죄와 관련된 은밀한 통화를 할 때면 다른 사람의 명의로 된 대포 전화기를 이용하였다.

그러니 수호는 혹시나 하는 생각에 주변 사람들의 전화 통화도 알아보라 한 것이다.

사실 주상욱은 본인 명의의 전화기 말고도 다른 사람 명의로 된 대포 전화도 가지고 있었다.

　　　　　　　＊　　　　　　＊　　　　　　＊

　SH화학의 사장인 정상현이 납치된 사실은 빠르게 주한미군에 전달되었다.

　그도 그럴 것이, 미국이란 나라는 자신들의 안보와 연관이 있는 문제라면 동맹국의 수장이 업무를 보는 집무실까지 도청을 한다.

　비록 그와 다르긴 하지만, SH화학이 개발한 방탄 스프레이는 생각보다 많은 곳에 사용할 수 있고, 뿌리는 아주 간단한 작업만으로 그동안 수많은 엔지니어들이 개발하려던 것을 손쉽게 해결할 수 있었다.

　그렇기 때문에 SH화학에 무슨 일이 생기면 미군이 계획한 일들이 다시 한번 수정되어야 한다.

　이렇게 계획이 한 번씩 수정이 될 때마다 미군은 수억 달러에서 수백만 달러에 이르는 예산이 허공에 날아갈 수도 있었다.

　그러니 어떤 일이 있더라도 한 번 계획이 세워지면 흐트러지지 않게 변수를 최소화해야만 한다.

　그러기 위해선 변수가 일어날 일을 사전에 막아야 하는데, 그러려면 정보가 무엇보다 중요하다.

　그래서 미군은 자체 정보 조직은 물론이고, CIA의 협조를 받기도 하고 또 다른 정보 조직에 의뢰하기도 하여 SH화학과 같이 미군에 협조하는 기업에 한해 보호하기도, 또 때로는 위기를 이용해 보다 유리한 계약을 하기도 한다.

지금도 그렇게 SH화학이 미국에, 미군에 도움이 된다고 판단하여 먼 거리에서 감청하면서 지켜보고 있었다.

그러던 중 SH화학에 큰 문제가 발생했고, 그 문제가 바로 SH화학의 사장인 정상현이 누군가에 의해 납치되었다는 사실이었다.

"아니, 이게 무슨 일이야?"

불과 몇 시간 전에 SH화학에 가서 15만 개의 방탄 스프레이의 1차 납품 계약을 하고 나왔다.

그런데 그 SH화학의 사장이 누군가에 의해 납치되었고, 정보에 의하면 납치한 자들의 목적이 자신들이 계약을 한 방탄 스프레이일 가능성이 높다는 것이다.

"누가, 무슨 목적으로 SH화학의 사장을 납치해!"

존 슐츠는 두 눈이 붉어진 상태로 고함을 질렀다.

무사히 원하는 것을 계약하고 나왔는데, 이런 일이 발생한 것에 화가 났다.

"설마 중국은 아니겠지?"

한창 저가 상품을 앞세워 부를 축적한 중국이 요즘은

첨단 산업에 집중 투자를 하며 경제성장을 도모하고 있었다.

중국의 경제 규모는 미국에 이어 세계 2위에 육박해 미국을 긴장하게 만들고 있다.

뿐만 아니라 그렇게 성장한 경제를 기반으로 군사력에 집중 투자를 하고 있는데, 아직 질적으로는 모르겠지만 규모면에서는 미국을 바짝 따라오고 있었다.

미국은 2차 대전이 끝나고 공산주의를 바탕으로 하는 러시아(소련)를 필두로 하는 국가들과 편을 갈라 냉전을 겪었다.

냉전이라 해서 직접적인 전투를 벌이는 전쟁이 아닌, 서로 경쟁을 하며 약소국을 전면에 세워 대리전을 벌였다.

당시만 해도 중국은 러시아나 미국의 위협이 되는 국가는 아니었다.

땅은 넓고 인구도 10억 명이 넘어가는 대국이었지만, 농업을 기반으로 하는 국가이다 보니 경제나 군사력 측면에서 별다른 위협이 되지 않았다.

오히려 공산주의 국가의 수장인 러시아와 국경을 맞대고 국경 분쟁을 벌이면서 미국의 눈에 띄어 원조를 받기도 했다.

하지만 역시 공산주의 국가여서 그런지 몰라도, 중국

은 미국의 도움을 받아 성장한 뒤로 오히려 자신들의 경제에 큰 도움을 준 미국에게 뒤통수를 쳤다.

그러다 소련이 무너지고 독립 국가 연합이 되면서 소련에 속한 나라들은 예전 2차 대전 이전 국가들로 갈라져 독립을 이루었다.

그러니 러시아는 예전 소련 시절보다 확실히 약해질 수밖에 없었다.

따라서 공산주의 국가는 종주국인 러시아보다 러시아의 도움으로 공산주의 국가가 된 중국이 급부상하기에 이르렀다.

이에 원래부터 허풍이 심하고 과시욕이 강한 중국은 자신들이 세계 초강대국 미국에 견줄 수 있는 유일의 나라라 천명하며 미국과 대립하기 시작했다.

아직은 미국과 정면으로 맞서기 힘들다 생각한 중국은 많은 숫자의 유학생을 미국으로 보냈다.

하지만 이들은 단순한 유학생이 아닌 유학생으로 위장한 산업 스파이들이었다.

중국인 스파이들은 미국의 첨단 산업은 물론이고, 대학의 연구소와 각종 국방에 관련된 정보들을 무차별식으로 빼냈다.

돈을 좋아하는 이들에게는 싸구려 짝퉁 물건을 팔아 벌어들인 자금을 안겨 주었고, 여자를 밝히는 호색한들에게는 아름다운 미녀를 품에 안겨 주었다.

중국 정부는 이것을 천인 계획이라 하여 조직적으로 운영해, 이에 빠지는 이들이 자신들이 함정에 빠진 것도 모르게 미국과 서방 세계의 각종 첨단 기술과 군사 정보들을 중국으로 빼돌렸다.

그렇기에 미국은 뒤늦게 중국 정부의 이런 파렴치한 계획을 알고 방어에 나섰다.

지금 존 슐츠가 중국을 의심하는 것도 바로 이런 이유에서다.

중국은 여러 나라에서 이와 비슷한 방법으로 특허나 신기술을 중국으로 빼돌렸기 때문이다.

＊　　　＊　　　＊

슬레인이 본격적으로 나서자 정보는 빠르게 취합되었다.

슬레인은 지금처럼 원거리 통신으로 마스터인 수호를 보조하는 것은 한계가 있다고 판단해 그동안 육체를 가지기 위해 노력하였다.

가장 첫 번째로 수호에게서 3천만 원의 시드 머니를 가지고 주식 투자를 하였다.

이는 현대 사회에서 가장 필요로 하는 것이 바로 돈

이기 때문이었다.

돈만 있으며 뭐든지 할 수가 있었다.

막말로 자본주의 사회에서 돈이면 귀신도 부린다는 소리가 있을 정도다.

그래서 주식 투자에 심혈을 기울였다.

인공지능의 전자 생명체인 슬레이브의 특성으로 인해 인터넷이란 공간은 그러한 슬레인의 꿈이 절대 허황된 망상이 아니게 만들어 주었다.

이론적으로 이런 슬레인에게 인터넷은 무한한 공간이나 다름없었다.

하지만 그것은 어디까지나 이론일 뿐, 실질적으로는 한계가 분명했다.

슬레인이 현재 사용할 수 있는 에너지에는 한계가 있을 수밖에 없었기 때문이다.

전자 생명체이다 보니 인간이 음식을 먹고 그것을 에너지로 변환하여 생명을 유지하는 것처럼, 전자 생명체인 슬레인 또한 생명 활동을 하기 위해선 에너지가 필요하다.

그리고 슬레인이 필요로 하는 것은 바로 전기 에너지다.

외계인에 의해 만들어진 인공 생명체이기는 하지만, 그 기반이 기계이다 보니 이는 어쩔 수 없었다.

아무튼 슬레인은 인터넷을 통해 많은 것을 학습하고, 인간인 수호를 보조하기 위해선 지금과 같은 통신을 하며 보조적 역할만으로 자신의 역할을 다한다 생각지 않게 되었다.

슬레인이 이런 생각을 하게 된 것은 우연히 본 영화 때문이었다.

한 기업가가 자신이 살아가는 도시에 만연한 범죄를 막기 위해 활약하는 '다크나이트'라는 영화를 보고 그 영화에 나오는 상황을 주인인 수호에 대입을 하고, 또 그를 보조하는 집사 알프레드를 보며 슬레인은 그것을 이상적으로 생각하게 되었다.

물론 할리우드 영화에는 그와 비견되는 명작도 있었다.

아니, 현재 슬레인 자신과 아주 흡사한 존재도 있었다.

슈퍼 히어로인 강철사나이에 나오는 자히스라는 인공지능이 바로 그것이다.

사실 처음 강철사나이란 영화를 보았을 때 슬레인은 영화에 나오는 인공지능 자히스와 같은 존재가 되겠다고 생각했지만, 그 뒤로 본 다크나이트의 집사 알프레드를 보고는 생각을 다시 했다.

강철사나이의 자히스는 굳이 노력하지 않더라도 지금

도 충분하지만, 다크나이트의 집사 알프레드는 달랐다.

슬레인은 비록 육체가 없기는 하지만, 자신이 수동적인 인공지능 자히스보단 집사 알프레드와 더 닮아 있다고 생각하였다.

그런 생각이 들자 알프레드와 자신이 다른 점이 무언가 고민을 하다 다른 점은 '육체가 있느냐, 아니면 없느냐' 하는 차이뿐이라는 결론을 내렸다.

그래서 주식 투자를 통해 돈을 벌어 육체를 갖겠다는 생각을 한 것이다.

하지만 인공지능이라 인터넷을 통해 많은 정보를 수집하고 주식 투자를 하면서 마스터인 수호를 보조하는 일은 슬레인이라 해도 쉽지 않은 일이었다.

그도 그럴 것이, 주식 투자는 분초를 다투는 일이다.

그리고 수호를 보조하는 일도 주식 투자만큼이나 집중을 요한다.

단순한 일이라면 상관이 없지만, 주식 투자를 하면서 수호를 보조하는 일은 여간 힘든 일이 아니었다.

그래서 어쩔 수 없이 주식 투자로 벌어들인 돈으로 자신을 보조할 인공지능을 만들었다.

자신이 분석한 자료를 가지고 주식 거래를 하는 역할 정도만 하면 되는 것이니 인공지능이라 하지만 그리 복잡하지 않았다.

더욱이 지구의 인공지능 알고리즘도 상당히 발달되어 있어 슬레인이 요구하는 정도의 인공지능은 구현이 충분히 가능했다.

이에 조금 더 손을 본 뒤, 보조 인공지능이 들어간 본체를 제작하고 프로그램을 만들어 컴퓨터에 이식하였다.

그렇게 만들어진 인공지능이 바로 퍼스트다.

퍼스트가 국내 주식 시장과 아시아 주식 시장을 담당하게 되자 슬레인이 수호를 보조할 수 있는 시간이 늘어났다.

그 뒤로 슬레인은 두 번째 인공지능인 세컨드를 만들었다.

두 번째 인공지능인 세컨드를 만든 기간은 첫 번째 인공지능인 퍼스트를 제작하는 시간보다 훨씬 적게 들었다.

그렇게 슬레인은 인공지능을 써드와 포스, 그리고 피프티를 만들었다.

이름에서 알 수 있듯 슬레인은 자신이 만든 다섯 개의 인공지능의 이름을 1~5까지 숫자를 붙여 주었다.

하지만 다섯 개의 인공지능의 능력은 순서에 상관없이 모두 동일했다.

어차피 같은 알고리즘을 가지고 있고 학습 또한 같은

것으로 하였기 때문에 같을 수밖에 없었다.

다만, 퍼스트와 세컨드가 주식 투자를 전문으로 하듯 어떤 것을 전문으로 하느냐만 다를 뿐이다.

그런 인공지능들이 하던 일을 멈추며 주상욱은 물론이고, 그 주변 인물들의 통신 내역을 감청하고 분석한 뒤, 정상현을 납치했을 가능성이 높은 인물이나 조직을 찾아낸다.

그건 너무도 쉬운 일이었다.

이미 배후자를 특정하고 분석하는 것이니 당연하다 말할 수 있었다.

[가장 유력한 인물은 이자입니다.]

슬레인은 바이저 한쪽에 인물 사진을 띄우고 그 옆에 인물의 약력을 쭉 나열했다.

한눈에 봐도 그 사람에 대한 정보를 알 수 있었다.

"진룽, 조선족?"

수호는 바이저 화면에 떠오른 진룽의 사진과 약력을 보고는 작게 중얼거렸다.

[진룽은 중국의 동북 지역 길림성 출신으로……]

슬레인은 자신이 어떤 근거로 진룽을 유력한 용의자로 보았는지 설명하였다.

조선족인 진룽은 길림성의 주도인 장춘을 주 무대로 활동하는 흑룡강파 양정의 밑에 있는 소두목이었다.

그곳에서 사고를 치고 한국으로 넘어와 흑사파란 조직을 만들어 대림동에 위치한 차이나타운을 장악한 인물이었다.

그가 대림동에 자리를 잡을 때, 중국에 있는 양정이 도움을 주어 손쉽게 대림동 일대를 장악할 수 있었다.

정상현을 납치한 범인을 진룡으로 유력하게 본 이유는, 납치 배후로 짐작되는 주상욱과 흑룡강파의 간부인 양정과 접점이 있었기 때문이다.

더욱이 이전에는 아무런 접점이 없었는데, 최근 주상욱이 양정과 통화한 기록이 있고, 또 그 뒤로 대림동에 간 일이 있었기에 누가 봐도 이상하게 보일 수밖에 없었다.

그러던 차에 슬레인은 결정적 증거를 포착했다.

그것은 바로 진룡과 주상욱의 통화 내역이었다.

[SH화학 대표인 정상현 님을 납치한 조직으로 유력하며, 그 위치는…….]

슬레인은 오늘 납치가 행해진 시간과 그 시간대의 CCTV 녹화 기록들을 분석한 후, 수호에게 들려주었다.

"그렇단 말이지?"

솔직히 수호는 자신의 큰아버지들과 그리 사이가 좋다고 말할 수는 없었다.

하지만 아버지가 둘째 큰아버지를 사업에 끌어들이면

서 그나마 관계가 조금 회복되었다.

그리고 어찌 되었든 자신의 울타리 안에 들어왔으니 지키는 것은 당연했다.

막말로 자신의 둘째 큰아버지가 아닌 회사의 직원이 납치되었다고 해도 수호는 자신의 능력이 되기에 지금처럼 나섰을 것이다.

"대림동 차이나타운 띄워 봐."

슬레인에게서 둘째 큰아버지인 정상현이 납치되어 간 곳이 대림동의 차이나타운이란 것을 알게 되자, 그곳 일대의 상황을 알기 위해 영상을 띄우라 지시를 내렸다.

그러자 조금 전 대림동 차이나타운을 장악한 조선족 깡패 조직인 흑사파의 두목과 조직원들을 띄워 놓은 화면이 실시간 영상으로 바뀌었다.

바뀐 화면에는 대림동 차이나타운의 흑사파가 지배하고 있는 사업장들이 화면 분할이 되어 떠올랐다.

그리고 잠시 뒤, 분할된 화면이 다시 하나로 합쳐지면 몇 명의 사내들의 얼굴에 붉은 내모 상자가 표시되었다.

수호는 그렇게 표시된 사내들에게서 뭔가를 느껴 슬레인에게 물었다.

"이들이 이번 납치에 가담한 흑사파 조직원인가?"

[그렇습니다. 현장에 있던 차량 블랙박스에 찍힌 자들이 맞습니다.]

정상현이 타고 다니던 차량의 블랙박스와 당시 주변에 있던 차량들의 블랙박스를 해킹하여 확인한 흑사파 조직원이나 그들이 타고 있던 승합차들에 대한 정보를 취합한 결과 수호는 범인들이 흑사파라는 것을 다시 한 번 확인했다.

모든 것이 명확해지자 수호는 저도 모르게 차가운 미소를 지었다.

'조금 뒤에 보자.'

*   *   *

털썩!

작은 소음과 함께 한 사내가 바람 빠진 주유소 풍선 인형처럼 풀썩 쓰러졌다.

이곳이 전장이었다면 수호는 아무 거리낌 없이 대상의 목을 비틀거나 대검을 이용해 쥐도 새도 모르게 죽였겠지만, 지금 그가 있는 곳은 피가 난무하는 전장이 아니다.

그렇기에 상대를 무력하게 제압하면서도 목숨을 빼앗으면 안 된다.

더욱이 이곳은 속초와 같은 인구가 적은 곳도 아니

고, 또 밤도 아니기에 그때처럼 처리할 수도 없다.

그러니 최대한 일이 크게 번지지 않고, 또 경찰이 출동하더라도 자신의 인맥으로 사건을 덮을 수 있는 정도로만 벌여야 했다.

그래서 생각해 낸 것이 바로 목을 타고 흐르는 경동맥을 압박해 기절시키는 방법이었다.

여기서 조금만 더 힘을 주면 아주 간단하게 목뼈를 부러뜨릴 수도 있었지만, 수호는 기절을 시키는 정도에서 일을 끝냈다.

척!

기절한 깡패를 케이블 타이로 묶고 구석에 숨겨 두었다.

스윽!

한 명을 제압한 후, 좁은 골목으로 들어가 벽을 타고 건물 옥상으로 올랐다.

4층에 불과한 건물이기에 오르는 것은 어렵지 않았다.

탁!

다행히 건물 옥상에는 사람이 없었다.

수호는 옥상과 건물 내부로 연결된 문을 찾아 이동한 뒤, 내부 동정을 살폈다.

웅성웅성!

복도 내부에서 작은 소음이 들렸지만, 복도에 나와 있는 사람의 숫자는 두세 명 정도에 지나지 않는 것으로 파악되었다.

내부의 상황을 알게 되자 수호의 움직임은 거침이 없었다.

몇 명 되지 않는데 굳이 소극적으로 움직일 이유가 없다는 판단에서 과감하게 움직이는 것이다.

덜컹!

퍽!

파박!

옥상 출입문을 열자, 느닷없는 문소리에 그곳으로 고개를 돌리는 사내들을 보며 수호는 가장 가까이 있는 자의 얼굴을 향해 뛰어올라 밀어 차기를 하였다.

사내를 밀어 차, 복도 끝 벽까지 날리고는 착지하며 그와 함께 있던 사내들 사이로 파고들어 명치에 주먹을 날렸다.

설명은 길었지만, 이 일은 한순간에 동시에 벌어진 일이라 당하는 사내들은 어떤 반항이나 신음도 흘리지 못하고 수호의 공격에 쓰러졌다.

복도에 있던 세 사람을 쓰러뜨린 수호는 사내들이 있던 곳에 나 있는 문을 열고 안으로 들어갔다.

삐걱!

문은 거친 마찰음을 내며 열렸다.

"뭐야!"

문을 열고 들어가자 거친 목소리가 들렸다.

하지만 수호는 그런 것에 신경도 쓰지 않고 가장 먼저 보이는 사내의 안면에 주먹을 날렸다.

퍽!

느닷없이 문을 열고 들어와 공격하는 수호의 모습에 처음 사내들은 반응하지 못했지만, 곧이어 무슨 일이 벌어진 것인지 깨달은 사내들이 소리를 지르며 수호를 향해 달려들었다.

"이런 썅! 죽이라우!"

"죽어라!"

방 안에서 누군가를 기다리는 것 같던 사내들이 고함을 지르며 수호에게 달려들었다.

하지만 그들은 자신의 뜻을 관철시키지 못했다.

아무리 이들이 대림동 일대를 장악한 조선족 깡패들이라 하지만, 상대는 전장에서 종교로 무장한 광신도 및 테러범들을 상대하던 특수전에 특화된 용사였다.

그것도 무공훈장까지 받은 용사 중의 용사다.

그러니 겨우 일반인들을 상대로 협박하여 돈을 갈취하던 깡패들이 상대가 될 수 있는 것이 아니다.

더욱이 수호의 신체 능력은 인간의 범주를 벗어난 괴

물이었다.

미국 할리우드 영화에 나오는 슈퍼 히어로에 버금가는 능력을 가지고 있는 수호에게 흑사파 조직원들은 그저 어른을 상대로 달려드는 유치원생, 아니, 그보다 못한 어린이집 원생과 다름이 없었다.

수호에게 달려들던 흑사파 조직원은 간부건, 일반 조직원이건 상관없이 공평하게 한 명당 주먹 하나씩 먹고 바닥에 쓰러졌다.

"뭐, 뭐야?!"

자신의 부하들이 난입한 수호에게 주먹 한 방씩 맞고 쓰러지는 모습에 진룡은 당황해 소리쳤다.

"니 뭐이네! 뭔데 이 난리를 치는 거이니."

너무 당황하다 보니 진룡은 조선족 사투리와 한국에 들어와 배운 한국어가 뒤섞인 이상한 말을 하였다.

하지만 이를 듣고 있는 수호의 귀에는 전혀 이상하게 들리지 않았다.

자신을 향해 말을 거는 흑사파 두목의 목소리를 들었지만, 수호는 그런 것에 일절 신경 쓰지 않고 방 안에 있던 깡패들을 쓰러뜨렸다.

그렇게 두목인 진룡만 남기고 모든 깡패들을 쓰러뜨린 수호는 그를 눈앞에 두고 나직하게 이야기하였다.

"오늘 납치한 두 사람을 여기로 데려와라."

말을 하면서도 수호는 그 어떤 감정도 담지 않고 담담히 말하였다.

그런데 조금 전 그렇게 활개를 쳤던 것과 비견되게 수호의 목소리에는 그 어떤 고저도 없이 평온했다.

"참. 경고하는데, 두 사람을 데려올 때 수작을 부릴 생각은 하지 않는 것이 좋을 거야."

자신이 지금까지 상대하던 것은 일을 크게 만들지 않기 위해 손속에 약간의 사정을 두고 있었음도 이야기하였다.

수호의 경고에 막 자리에서 일어나던 금문이 두려운 눈으로 진룡의 곁으로 걸어갔다.

그런데 이상한 것은 수호에게 금문과 똑같이 맞은 흑사파 조직원들은 아직도 신음을 하며 자리에서 일어나지 못하고 있는데, 그만 자리에서 일어났다는 점이었다.

하지만 이는 알고 보면 간단한 일이었다.

수호가 방 안으로 뛰어들었을 때 순식간에 상황 파악이 되었다.

흑사파의 두목인 진룡을 위시한 간부들의 모습이 수호의 눈에 들어왔다. 이들의 신상은 조금 전 이곳까지 오면서 모두 파악을 끝낸 상태였다.

누가 전문적인 깡패이고, 누가 머리를 쓰는 책사인지

를 말이다.

그러니 깡패들을 상대하면서도 손속에 여유를 두고 적당한 강도로 실력 행사를 한 것이다.

7. 도망친 주상욱

흑사파가 주로 활동하는 도박장이 내려다보이는 빌딩 2층 카페.

주상욱은 흑사파 두목인 진룡에게서 연락이 오길 기다렸다.

주상욱이 이렇게 진룡의 연락을 기다리는 것은, 바로 오늘 SH화학의 사장인 정상현을 납치하기로 했다는 연락을 받았기 때문이다.

방위사업청과 계약을 한 방탄 스프레이에 대한 사업권에 영향을 줄 수 있는 사람은 SH화학 내에서도 몇 명 없었다.

주상욱이 파악한 바에 의하면, 사장인 정상현과 전무인 정중현, 그리고 방탄 스프레이의 개발자이며 SH화학에서 고문을 맡고 있는 정수호 이들 세 명이 사업권에 영향을 가지고 있다.

SH화학은 정말 그 규모에 비해 너무도 알짜 기업이었다.

알아본 바로는 이번에 자신이 노리는 방탄 스프레이뿐만 아니라 단열재도 개발하여 (주)화산에 납품을 하고 있는데, 이 또한 걸작이었다.

단열재라 해서 단순하게 일반적인 냉난방에 사용하는 물건이 아니라 무려 방위 사업에 사용하는 물건이다.

즉, 그 말은 고정적인 안전한 구매처가 있기에 사업하는 사람으로 하여금 자금 압박에서 자유로울 수 있었고, 또 조금만 사업 방향을 바꾸면 일반에서도 충분히 판매하여 수익을 올릴 수 있었다.

막말로 페인트와 섞어 사용하며 화재에서 조금 더 안전을 보장받을 수 있다.

또, 특수 장비인 방화복을 제조하는 데 사용을 하면 꽤 많은 수익을 보장한다.

정말이지 단 두 개의 제품이지만, SH화학이 생산하는 물건은 응용하기에 따라 사업 영역이 무척이나 넓었다.

그리고 이것들을 판매할 곳은 굳이 국내만 고집할 필

요도 없이 전 세계를 상대로 사업을 확대할 수 있었다.

그렇기에 주상욱은 이번 납치에 대해 많은 기대를 하고 있었다.

SH화학의 사장 정상현을 납치한다면 자신이 노리던 방탄 스프레이뿐만 아니라 단열재에 대한 것도 가져올 수 있을 것 같았기 때문이다.

띠리리!

발신자 표시가 되어 있지 않은 번호가 전화기 화면에 떠오르자 주상욱은 본능적으로 자신이 기다리던 전화가 왔다는 것을 알 수 있었다.

"여보세요."

역시나 수화기 너머로 들린 것은 조선족들이 사용하는 연변 사투리였다.

"잠시 일을 보고 있으니 조금 뒤에 가기로 하죠."

바로 맞은편 건물에 있으면서도 주상욱은 자신이 이들을 감시하고 있다는 인상을 주지 않기 위해 일부러 시간을 끌었다.

물론 시간을 끌기 위해서만 이런 말을 한 것은 아니다.

혹시나 흑사파에서 자신의 뒤통수를 칠 수도 있기에 그들의 행동에 따라 움직이기 위해 시간을 번 것이기도 했다.

조선족들과 거래하고 있기는 하지만, 종종 조선족들이 돈이 된다고 판단되면 의뢰인들의 뒤통수를 치기도 했기 때문이다.

어차피 크게 한탕을 치고 거래하지 않으면 그만이란 생각을 가지고 있는 것이 주상욱과 거래하는 조선족, 아니, 중국인들 대부분이 가지는 생각이었다.

이는 전체 중국인 사업가들이 그렇다는 것이 아니다.

정상적인 사업을 하는 중국인 사업가들도 많다.

하지만 주상욱이 거래하는 중국인이나 조선족들은 대부분 주상욱과 비슷하게 비리를 저지르는 자들이었다.

막말로 끼리끼리 모인다고, 주상욱은 자신이 정상적인 사업가라 믿고 있지만, 그와 거래를 하는 사람들도 주상욱을 그렇게 생각하지 않으며 사기꾼 내지는 그와 비슷한 자라 생각하고 거래하고 있었다.

그러니 서로가 서로를 못 믿는다고 보는 것이 맞았다.

'어?'

2층 카페 창가에서 흑사파의 동향을 주시하던 주상욱의 눈에 이상한 것이 포착되었다.

흑사파의 두목인 진룽의 지시로 정상현을 납치한 아삼과 통화한 지 30분쯤 흐른 뒤였다.

아주 우연히 목격한 것인데, 파란색과 붉은색이 조화

를 이루는 무척이나 아름다운 바이크 한 대가 빌딩 앞에 정차하였다.

처음에는 바이크의 럭셔리한 모습에 혹해 그것을 봤을 뿐이다.

하지만 곧 주상욱은 이상한 기시감을 느끼고 바이크에서 내린 남자를 주시했다.

검정색 오토바이 헬멧을 쓴 사내는 흑사파의 본거지나 다름없는 건물 쪽으로 걸어가더니 건물 뒤편으로 연결된 골목으로 들어갔다.

지금 상욱이 있던 2층에선 자세한 모습이 보이지 않았지만, 골목으로 들어간 사내의 움직임이 살짝 보였다.

뭔가 큰 동작을 한 것이 분명한 움직임이었다.

'뭐지? 설마 문제가 발생한 것인가?'

주상욱은 뭔가 이상한 예감에 흑사파 내부에 있을 정보원에게 연락을 하였다.

"혹시 거기 무슨 문제 있는 것 아니지?"

전화를 받은 신호가 포착되자 다급히 물었다.

하지만 수화기 너머로 뭔가 쓰러지는 듯한 소음만 들리고 정보원에게선 그 어떤 대답도 들리지 않았다.

정상적인 상황이라면 정보원이 전화를 받았으면 뭔가 대답이 있을 것인데, 어떤 대답도 하지 않는다는 것은 그가 생각한 대로 문제가 발생한 것이 분명했다.

*　　　*　　　*

"참. 경고하는데, 두 사람을 데려올 때 수작을 부릴 생각은 하지 않는 것이 좋을 거야."

수호는 경고를 하고는 실내 한쪽에 쓰러져 있는 의자 중 하나를 가져와 앉았다.

마치 이곳이 흑사파의 본거지가 아니라 자신의 집무실이라도 되는 듯 수호의 행동에는 전혀 주저함이 없었다.

그런 수호의 모습에 조금 전 실내로 들어오자마자 자신들을 제압하던 모습이 연상되면서 흑사파 조직원들은 어느 누구도 함부로 행동할 수 없었다.

"니 누구니? 어디서 왔니?"

진룡은 아직도 진정이 되지 않아 그렇게 물었다.

그런 진룡의 물음에 수호는 눈살을 살짝 찡그리며 대답하였다.

"조금 전 내가 한 말 못 들었어?"

목소리 톤이 약간 올라간 수호의 고함 소리에 진룡을 비롯한 흑사파 조직원들이 움찔했다.

"한 시간 전쯤에 황골 공원 인근에서 납치한 사람들

있잖아!"

마치 윽박지르듯 소리치는 수호의 서슬에 진룡이나 깡패들은 움츠리고 말았다.

"다시 한번 경고하는데, 수작 부릴 생각은 하지 않는 게 좋을 거야!"

또다시 경고한 수호는 지금까지 자신이 손을 댄 것은 손속에 여지를 남겨 둔 것임을 전달했다.

그런 수호의 경고에 진룡은 잠시 생각하였다.

'아직까지 밖에 소란이 없는 것을 보면 혼자 이곳에 쳐들어온 것 같은데…….'

자신을 노려보고 있는 수호의 눈치를 보며 궁리하는 진룡과, 그런 두목의 명령이 없기에 이도 저도 못 하고 있는 흑사파 조직원들로 인해 실내는 순간 적막이 흘렀다.

탁!

퍼석!

자신의 눈치를 보고 있는 깡패들의 모습에 수호는 다시 한번 더 무력행사를 하였다.

수호가 보인 무력 시범은 바로 조금 전까지 이들이 마작을 즐기던 테이블을 손바닥으로 내려친 것뿐이다.

하지만 단단한 테이블은 그런 수호의 손바닥에 의해 힘없이 주저앉았다.

'헉!'

도박을 하는 테이블은 다른 일반적인 탁자와 다르게 무척이나 단단하다.

일반 탁자도 웬만한 충격에 부서지지 않는 강도를 가지고 있지만, 마작을 하는 테이블은 그보다 더 튼튼했다.

그도 그럴 것이, 수시로 사람의 무게가 더해지기도 하니 당연히 튼튼할 수밖에 없다.

그런데 그런 도박 테이블이 의자에 앉은 상태에서 손바닥으로 내려쳤다고 무너지는 것은 말도 되지 않는 일이다.

마치 무협 영화에 나오는 무공의 공수가 탁자를 내려치자 그것이 무너진 것 같은 모습을 보였으니 이를 보고 있던 흑사파의 조직원들이 얼마나 놀라겠는가.

'저, 저⋯⋯.'

사람이 너무도 놀라면 말도 못 한다고 하던가.

조금 전 수호가 단단한 도박 테이블을 부숴 버리는, 아니, 주저앉게 만들어 버린 수호의 무력시위에 진룡은 물론이고, 실내에 있던 깡패들 모두가 놀랐다.

"아직도 내가 더 보여 줘야 할까?"

마지막이라는 듯 수호는 한 번 더 물었다.

"뭐 하고 있어? 어서 데려오라!"

진룡은 그런 수호의 경고에 당황한 듯 다급히 소리쳤다.

그런 두목의 지시에 금문이 막 움직이려 할 때 느닷없이 전화벨 소리가 울렸다.

띠리리리! 띠리리링!

경쾌한 여자 아이돌의 노래가 벨소리로 흘러나왔다.

벨소리는 요즘 한창 주가를 올리고 있는 플라워즈의 'Something U'였다.

'그러고 보니 연락을 한다고 해 놓고 잊고 있었네.'

2주 전 문성국에 의해 납치되는 바람에 약속을 지키지 못했다. 비록 문제가 해결된 뒤로 통화를 하기는 했지만, 또 다른 문제 때문에 연락을 못 했다.

시간을 내려면 낼 수야 있었지만 자신에게 일어난 신체의 변화를 알아보는 문제나, 느닷없이 나타나 납품 계약을 하고 싶다는 미군 때문에 이것들을 조율하느라 플라워즈와의 약속은 뒤로 미뤄지게 되었다.

'이번 일만 마무리하고 아이들에게 연락을 한 번 해 봐야겠다.'

그렇게 수호는 일단 급한 일부터 해결한 뒤에 플라워즈와의 약속을 지켜야겠다고 결심하였다.

"뭐이네?"

심각한 상황에서 느닷없이 경쾌한 아이돌 노래가 흘

러나오자 진룡이 소리쳤다.

"아, 아닙니다."

금문은 자신의 옷 안주머니에서 울리는 전화벨 소리에 깜짝 놀라며 대답하였다.

급히 자신의 전화기를 꺼내 끊으려 했지만, 당황하다 보니 손에서 전화기를 놓치고 말았다.

탁!

떨어진 전화기를 들어 얼른 끊어 버렸다.

"얼른 두 사람 데려오라!"

진룡은 급히 전화를 끊고 일어서는 금문을 보며 소리쳤다.

납치된 정상현과 그의 비서는 이 건물 지하에 데려다 놓았기에 그들을 데려오는 것은 얼마 걸리지 않았다.

그런데 금문이 진룡의 명령을 받고 두 사람을 데려올 때, 그들 말고도 흑사파 조직원들이 안으로 우르르 들어왔다.

그러다 보니 지금 보이는 형국은 수호를 가운데 두고 흑사파 깡패들이 포위한 듯한 모습을 취하고 있었다.

이에 조금 전에 수호에게 덤볐다가 한 대씩 얻어맞은 깡패들의 표정이 바뀌었다.

조금 전까지만 해도 자신들이 어떻게 해 볼 수 없는 존재로 느껴져 수호의 뒤쪽에서 눈치만 보고 있던 그들이 쪽수가 늘어나자 언제 그랬냐는 듯 눈빛이 날카로워졌다.

그건 아직 수호에게 얻어맞지는 않았지만, 두목인 진룡의 뒤에 있던 이들 또한 마찬가지였다.

하지만 이를 지켜보던 수호는 느긋하게 진룡만 주시하며 나직하게 물었다.

"쪽수가 늘어나니 해볼 만하다고 생각하나?"

너무도 당당하고 담담한 수호의 직설적인 물음에 진룡은 순간 판단할 수가 없었다.

'뭐지? 인질도 있고 쪽수도 우리가 많은데, 이자는…….'

진룡은 지금까지 살아오면서 이와 비슷한 상황에서 당황하지 않고 담담한 사람은 처음이었다.

물론 비슷한 상황에서 담담한 척하던 인간들이 아주 없던 것은 아니다.

그렇지만 담담한 척 연기를 하던 인간들은 결국 연기가 들통이 나고 말았다.

아닌 척을 해도 연기는 티가 나기 때문이다.

하지만 지금 눈앞에 있는 사내는 말하는 투나 자신의 앞에서 보여 주는 모습이 전혀 그렇지 않았다.

아니, 그의 눈에는 자신들이 하는 행동을 마치 어린아이들의 재롱을 보는 것처럼 재미난 무언가를 보는 눈빛이었다.

이 때문에 진룡은 순간 어떤 판단을 내려야 할지 갈 피를 잡지 못하고 망설이고 있었다.

"뭐 계획한 것이 있으면 해 봐. 다만, 결과가 조금 전 과는 아주 다를 거야."

이야기하는 중에 수호의 표정이 점점 차갑게 변해 갔 다.

순간적으로 변한 수호의 표정은 진룡과 그의 뒤에 있 는 깡패들이 확인할 수 있었지만, 수호의 뒤에 있던 깡 패들은 이를 볼 수가 없었다.

그래서 그런지 같은 조직원들이지만, 수호를 정면으 로 마주하고 있는 이들과 뒤에 몰려온 이들의 표정이 극명하게 갈렸다.

"대형! 이대로 그냥 두고 봅니까?"

부하들이 늘어나자 언제 그랬냐는 듯 기가 살아난 아 삼이 진룡을 보며 물었다.

하지만 지금 수호에게서 보이는 기세를 읽을 능력이 없는 아삼과 다르게 수호를 정면으로 마주하고 있는 진 룡은 온몸이 한겨울 새벽의 냉기를 뒤집어쓴 것 같은 한기를 느껴 어떤 말도 할 수가 없었다.

"뭘 그리 굳어 계십니까?"

아무것도 모르는 아삼이 거듭 진룡에게 어떻게 할 것

인지를 물었다.

그런 아삼의 말에 진룡은 식은땀을 흘리며 소리쳤다.

"조용히 해! X끼야!"

느닷없이 호통을 치는 진룡의 목소리에 아삼은 순간 당황했다.

이제는 쪽수가 늘어 자신들이 유리한 데도 불구하고 두목인 진룡의 긴장한 모습이 역력하게 보였기 때문이다.

여느 때와 다른 두목의 모습에 아삼도 자신이 생각하는 것과 상황이 다르게 흐르고 있다는 것을 그제야 느꼈다.

                    *   *   *

방금 전 이상한 예감에 금문에게 전화했다가 아무 대답도 듣지 못하고 바로 끊기는 전화에 주상욱은 자신의 예상대로 일이 잘못되었음을 깨달았다.

'이대로 있으면 안 되겠다.'

주상욱의 판단은 빨랐다.

일이 자신의 예상과 다르게 흐르고 있다는 것을 알자 주상욱은 바로 자리에서 일어나 카페를 빠져나갔다.

아무도 자신이 이곳에 있었는지 알지 못하니 몸을 피

하면 찾지 못할 것이라 생각했다.

그런 후, 그가 향한 곳은 인천항이었다.

주상욱이 인천항으로 향한 것은 다른 어떤 정보가 있어서 그런 게 아니었다.

그저 그의 생존 본능이 국내에 있는 것은 안전하지 않다고 경고하고 있었기 때문에 그렇게 움직인 것이다.

도망을 치는 중에는 왠지 비행기를 이용하기 위해 공항으로 향하는 것이 꺼려져 중국으로 가는 배가 있는 인천항으로 향했다.

물론 정직하게 중국과 한국을 운행하는 여객선을 이용할 생각은 없었다.

공항 정도는 아니지만, 수배가 떨어지면 항구도 조회가 들어갈 것이기 때문이다.

그래서 인천항으로 간 주상욱은 그곳에서 공해에서 어업을 하는 고깃배를 섭외하였다.

종종 이런 일을 해 주는 배들이 있기에 섭외하는 것은 쉬울 터였다.

비록 다른 때와 다르게 돈은 많이 깨지겠지만, 일이 잠잠해질 때까지 중국에 숨어 있다 돌아오면 될 것이니, 지금은 사는 것이 중요하기에 돈 걱정은 하지 않았다.

"난데, OO은행 계좌로 30억만 우선 보내."

급히 회사로 연락을 한 주상욱은 자금 담당에게 묻지도 따지지도 않고 30억을 이체하라 지시를 하였다.

30억이면 상당히 많은 금액이지만, 심양컴텍의 계좌에서 이체할 수 있는 최대 금액이 바로 30억 원이었다.

그러니 지금 주상욱이 도피 자금으로 우선 한도액인 30억 원을 송금한 뒤, 나중에 필요한 만큼 더 송금을 받을 계획으로 자금 담당에게 말했다.

*   *   *

실내에 침묵이 흘렀다.

5평 남짓의 작은 방 안에 스무 명이 넘는 성인들이 들어서 있어 답답한 감이 있었지만, 어느 누구도 떠들지 않고 한 사람의 눈치를 살피고 있었다.

"왜 아직도 그가 오지 않는 것이지?"

수호는 자신의 앞에 앉아 있는 진룡을 보며 그렇게 물었다.

오늘 자신의 둘째 큰아버지를 납치하라고 의뢰를 한 심양컴텍의 주상욱 사장이 오기로 했는데, 아직까지 도착하지 않고 있었다.

"일을 보고 있다 하였소. 조금 더 기다려 보오."

진룡은 이미 수호에게 기가 눌린 상태였다.

그도 그럴 것이, 자신과 부하들이 있던 실내로 들어오기 무섭게 안에 있던 부하 여섯 명을 순식간에 제압해 버렸다.

자신이 아무리 날고 긴다고 해도 솔직히 두 명까지는 어떻게 해 보겠지만, 세 명 이상이면 힘들다.

그만큼 흑사파 조직원들은 일당백까지는 아니어도 웬만한 인근 조직들에 비해 강했다.

더욱이 다른 조선족 깡패들보다 흑사파의 조직원들이 좀 더 잔인한 면이 있었다.

그 때문에 웬만큼 자신이 없으면 함부로 흑사파가 있는 대림동 쪽으로 다른 조직들이 넘어오지 않았다.

그런데 수호는 그런 흑사파 조직원들을 상대로 너무도 손쉽게 제압한 것이다.

'하, 자라 X같은 놈 때문에 이게 뭐이매.'

진룡은 속으로 누군가를 향해 욕을 하였다.

그것이 눈앞에 있는 수호일 수도 있고 오기로 했지만 아직 오지 않는 주상욱일 수도 있었으나, 어느 누구인지 아는 것은 욕을 하는 진룡뿐이었다.

"수호야, 이대로 여기 있어도 되는 것이냐?"

자신을 납치한 깡패들 속에 너무도 느긋하게 앉아 누군가를 기다리는 수호를 보며 상현이 물었다.

"아, 큰아버지까지 여기서 기다리실 필요는 없는

데……."

수호는 깜빡했다는 듯 자신의 옆에 앉아 있는 상현을 보며 중얼거렸다.

"제가 깜빡했습니다, 김 비서님."

수호는 정말로 자신이 실수를 했다는 듯 그렇게 말하고 상현의 비서인 김 비서를 불렀다.

"네, 고문님. 무슨 하실 말씀이……."

김 비서는 아직도 자신을 쳐다보고 있는 깡패들의 눈치를 보며 물었다.

납치되어 이곳 대림동의 어느 건물 지하에 갇혀 있다가 끌려온 뒤로 두려움을 느낌 김성규는 한 번도 이런 경험을 해 본 적이 없었기에 더없이 두려움에 떨었다.

그런 김성규의 모습을 본 수호는 속으로 작게 한숨을 쉬었다.

'하, 이거 내가 너무 무신경했군.'

자신이 납치를 당한 두 사람을 배려하지 못한 것에 자책하였다.

"곧 아버지께서 양 기사님과 이곳으로 오실 테니, 큰아버지 모시고 병원에 가 보세요."

수호의 말이 떨어지기 무섭게 그의 앞에서 작은 안도의 한숨 소리가 들렸다.

바로 수호의 둘째 큰아버지인 정상현이 나직하게 내

쉬는 숨소리였다.

표현은 하지 않았지만, 그 또한 김성규처럼 납치에 대한 트라우마가 생겼다.

다만, 조카가 곁에 있다는 것 때문에 쉽게 표현하지 않고 억지로 참고 있었을 뿐이다.

수호는 흑사파 조직원들을 제압한 순간, 이미 슬레인을 통해 아버지에게 이곳의 위치를 알렸다.

단지 혹 모를 변수가 발생할 수도 있기에 둘째 큰아버지의 운전기사인 양상운과 아버지의 경호원만 데리고 오라고 하였다.

다른 사람 같으면 둘째 큰아버지가 경호 의뢰를 한 경호원도 모두 데리고 오라고 했을 테지만, 수호는 그렇지 않았다.

어차피 사람이 많아 봐야 귀찮을 뿐이었다.

막말로 자신이 화가 나서 인정사정없이 깡패들을 상대하게 된다면 참혹한 학살의 현장과 다를 바가 없게 될 텐데, 굳이 비밀이 지켜지지 않을 수도 있는 인원을 이곳으로 부를 이유가 없었다.

물론 아레스에서 불러온 아버지의 경호원들이야 자신에 대한 비밀을 지켜 주겠지만, 일반인인 양 기사의 경우는 장담할 수 없지만도, 왠지 자신이 이곳에서 사고를 친다고 해서 비밀을 막 떠벌리고 다니지는 않을 것 같은 생각에 양 기사까지는 허용을 하였다.

"조금 뒤, 손님이 오실 거니 허튼수작하지 않는 게 좋을 거야."

수호는 고개를 돌려 진룡을 바라보며 경고하였다.

그리고 한 번 더 이들에게 자신의 무력을 보여 주었다.

핑! 퍽!

무언가 보이지 않는 것이 진룡의 왼쪽 귀밑을 지나 그의 등 뒤에 있는 벽에 꽂혔다.

"헉!"

우당탕탕!

무언가 보이지 않는 것이 자신의 왼쪽 귀밑을 지나가는 느낌을 받고는 진룡이 뒤늦게 의자에서 움직이다 요란하게 쓰러졌다.

"뭐, 뭐야? 방금 뭐임매."

너무도 당황한 나머지 진룡이 말을 더듬었다.

하지만 그런 진룡을 보며 흑사파 조직원 어느 누구도 이를 비웃지 못했다.

진룡과 몇 명의 조직원 빼고는 남은 조직원 전부 방금 전 무언가가 벽에 박히는 것을 눈으로 보고 있었기 때문이다.

그들은 정확하게 그것이 무엇인지 눈으로 확인하지

못했다.

하지만 무언가가 벽에 박히는 모습은 똑똑히 보았다.

그런데 이들이 경악한 것은 진룡의 등 뒤에 있는 것이 나무나 상자 같은 것이 아니었다.

진룡의 등 뒤에는 시멘트로 만들어진 블록으로 된 벽이 존재했다.

즉, 무언가 던진다고 해서 꽂히고 하는, 그런 무른 무언가가 아닌 단단한 벽이었다.

그럼에도 불구하고 수호가 던진 무언가에 의해 단단한 시멘트벽에 그 끝만 겨우 보일 정도로 박혀 버렸다.

그것을 보았으니 깡패들이 놀라지 않는다면 그게 더 놀라운 일이라 할 수 있었다.

하지만 깡패들도 그저 조금 거친 일반인에 불과했다.

"내 손은 빛보다 느리지만, 너희가 움직이는 것보단 빠르다는 것을 알아 둬."

다시 한번 무력시위를 한 수호는 그렇게 경고한 후, 조용히 기다렸다.

그렇게 시간이 흐르자, 건물 계단 쪽에서 다수의 사람이 올라오는 소리가 들렸다.

"형님! 수호야!"

복도 끝에서 누군가가 고함을 지르는 소리가 들렸다.

계단을 오르며 고함을 지르는 사람은 다름 아닌 수호

의 아버지인 정중현이었다.

납치가 된 둘째 큰아버지를 구해 오겠다며 회사를 나섰던 수호에게 연락이 온 것은 40분 전이었다.

아들에게서 자신의 배다른 형님이 있는 곳이라며 위치 정보가 들어오자 아들의 말대로 형님의 운전기사와 경호원만 대동하고 대림동까지 쉬지 않고 달려왔다.

수호에게서 받은 주소지를 보니 그 유명한 대림동 차이나타운이었다.

중현은 주소를 보고 누가 자신의 이복형을 납치한 것인지 알고 긴장할 수밖에 없었다.

그리고 건물 계단을 오르며 아들과 형을 불러 보았다.

"아버지, 여기예요."

수호는 자리에서 일어나 손을 들어 보였다.

그런 수호의 모습에 상현은 너무나 긴장감 없는 조카의 모습에 황당한 표정을 지었다.

덩치는 조금 작아 보이지만, 자신들을 둘러싼 조선족들은 등 뒤에 칼이나 도끼를 꽂고 있었다.

더군다나 뉴스나 신문을 보면 조선족 깡패들의 잔인한 이야기는 너무도 유명했다.

그런데 어찌된 일인지 자신들이 이곳에 올라왔을 때부터 이 상태였다.

자신과 비서를 납치할 당시만 해도 이들은 들던 대로 무척 거친 모습이었다.

　하지만 이곳에 데려올 때의 모습은 납치했을 때 모습과는 180도 달라져 있었다.

　무언가에 놀라고 두려워하는 모습이 역력했다.

　그리고 언뜻 보였는데, 오른쪽 턱 밑이 검게 피멍이 들어 있었다.

　분명 누군가로부터 맞은 흔적이었다.

　그렇게 이곳 4층에 올라와 자신의 조카가 이곳에 온 것을 보았다.

　자신을 납치한 이들이 조카를 둘러싸고 있었지만, 그것은 누가 봐도 포위한 것이 아닌 성난 사자를 피해 모여 있는 영양과 비슷한 모습이었다.

　자신을 납치해 온 깡패들이 자신의 조카를 두려워하고 있는 모습에서 상현은 묘한 느낌을 받았다.

　이런 느낌을 한마디로 표현할 만한 단어를 생각해 보았지만, 잘 떠오르지 않았다.

　자신을 구하려고 온 아는 얼굴을 보며 안도하면서도 그것이 너무도 잘난 조카란 것에 자격지심 내지는 질투심이 일었다.

　하지만 그것도 잠시, 든든한 마음도 들고 복잡한 감정이 수시로 그의 머릿속을 스치고 지나갔다.

이런 자리에서 다시 한번 이복동생까지 보게 되자 상현은 상당히 기묘한 기분이 들었다.

"형님, 괜찮습니까? 어디 다치신 곳은 없습니까?"

중현은 아들의 곁에 있는 이복형의 모습을 보자 얼른 그의 곁으로 가서 안부를 물었다.

납치되었다는 운전기사의 보고를 받고 얼마나 형을 걱정했는가.

비록 어머니가 다르기 때문에 갈등도 많던 사이라고 하지만, 피는 물보다 진하다 하지 않던가.

"괜찮다."

상현은 자신을 걱정하는 듯 이곳저곳을 살피는 중현의 모습을 보자, 조금 전 떠올렸던 생각에 부끄러운 기분이 들었다.

"아버지."

"왜?"

"큰아버지 모시고 병원에 한 번 다녀오세요."

형을 데리고 병원에 좀 다녀오라는 아들의 말에 중현은 깜짝 놀랐다.

"병원?"

병원이나 경찰서 등은 한국 사람이라면 괜히 그 이름만 들어도 심장이 두근거리는 곳이었다.

그 때문에 수호의 이야기에 중현이 놀라 물었다.

"오늘 일로 너무 놀라신 것 같으니 아버지께서 큰아버지 모시고 한 번 상담을 받아 보시라고요. 참, 김 비서님도 많이 놀란 것 같으니 함께 가세요."

오늘 일로 혹시 트라우마가 생길지 모른다는 생각에 아버지에게 그렇게 부탁하였다.

수호는 트라우마가 얼마나 무서운 병인지 너무 잘 알고 있었다.

겉으로는 표시가 잘 나지 않아 그냥 지나칠 수 있지만, 이 병은 그냥 방치해 두면 심각하게 변할 수도 있는 무서운 것이다.

수호는 트라우마는 아니었지만, PTSD(외상 후 스트레스 장애)로 우울증을 앓기도 했다.

물론 지금이야 그것을 극복하기는 했지만, 당시만 하더라도 무척 심각한 수준이었다.

"알았다."

"지금 모시고 가 보세요. 전 일 마무리하고 갈게요."

아들의 말에 중현은 잠시 아들의 얼굴을 쳐다보았다.

자신이 무슨 말을 하더라도 듣지 않고 방금 전 자신이 한 말을 관철시키겠다는 굳은 결심을 본 중현은 더 아들을 말리지 않고 물러났다.

"알았다. 조심해라."

중현은 더 이상 말하지 않고 그저 조심하라는 말만

하고는 그곳을 빠져나왔다.

"걱정하지 마세요. 참, 저 여기 일 마치고 바로 퇴근해요."

"흠, 알아서 해라."

무슨 외근을 나온 것도 아니고, 깡패 사무실에서 일을 마치고 바로 퇴근을 하겠다는 아들의 말에 이를 어떻게 받아들일지 갈피를 잡지 못한 중현은 그저 알아서 하라는 말만 한 후, 이복형과 비서를 데리고 나왔다.

그렇게 아버지와 둘째 큰아버지, 함께 납치된 비서까지 모두 밖으로 나가자 조금 전과는 분위기가 다르게 변한 수호가 진룡을 돌아보았다.

그러자 화기애애하던 수호의 표정은 언제 그랬냐는 듯 북풍한설의 겨울바람처럼 변해 있었다.

"아직까지 오지 않는 것을 보니 그놈은 이곳 사정을 알고 도망을 친 것 같군."

수호는 이미 올 시간이 지났음에도 아직도 오지 않는 주상욱으로 인해 짜증이 났다.

"분명 일보는 중이라 했습다."

수호의 뒤쪽에 있던 금문이 급히 소리쳤다.

그런 금문의 대답에 수호의 고개가 금문에게로 돌아갔다.

"누구…… 아!"

수호는 갑자기 튀어나온 금문으로 인해 잠시 그를 쳐다보다 뭔가 떠오르는 것이 있는지 눈을 크게 떴다.

지금으로부터 한 시간 전, 분명 전화가 한 통 걸려 왔었다.

하지만 그 전화는 방금 전 사내가 급히 끊어 버렸다.

그런데 이상한 점은 전화를 끊기 전 전화를 건 상대가 아무 말도 하지 않았다는 것이다.

보통 전화를 걸었으면 용건이 있어서일 것이니 무슨 말이라도 있어야 했다.

설사 잘못 건 전화라 해도 말이다.

그렇지만 그 전화는 너무도 이상했다.

당시에는 여기 상황이 상황인지라 그것을 이상하다 생각지 않고 지나쳤지만, 지금에 와서 생각해 보니 뭔가 이상한 점이 있었다.

"전화!"

수호는 방금 전 자신에게 대답한 사내, 금문을 향해 손을 뻗으며 말하였다.

그런 수호의 모습에 금문이 주변을 돌아보았다.

그러자 흑사파 조직원은 물론이고, 두목인 진룡도 당황하는 그를 노려보았다.

"음, 여, 여기……."

작게 신음을 흘린 금문은 조심스럽게 그가 건네는 전

화기를 받았다.

수호는 전화기를 받자마자 최근 걸려 온 번호로 전화를 걸었다.

하지만 상대는 전화를 받지 않았다.

신호는 가지만, 수화기에서 녹음된 안내 전화 소리만 울릴 뿐이었다.

'슬레인, 이 번호 주인이 누군지 알아봐.'

수호는 머릿속으로 슬레인에게 방금 전 자신이 건 전화번호의 주인이 누군지 알아보란 지시를 내렸다.

하지만 굳이 알아보라 말할 필요가 없었다.

[이 번호는 심양법텍의 주상욱 사장의 번호가 맞습니다.]

이전에 문성국에 의해 납치되었을 때부터 조사를 하던 번호였기에 슬레인은 이미 알고 있었다.

[최종 통화한 위치가 바로 이곳이 맞으면 카페로 나와 있습니다.]

슬레인의 보고에 수호는 깜짝 놀랐다.

'그게 정말이야?'

너무 놀란 수호는 다시 한번 확인할 수밖에 없었다.

자신이 찾던 주상욱이 한 시간 전까지 이 근처에 있었다는 소리에 어처구니가 없었기 때문이다.

그 말이 사실이라면 다 잡은 고기를 놓친 것이나 마찬가지였다.

설마하니 주상욱이 이 근처에서 모든 것을 보고 있었

다고는 예상하지 못했다.

뿐만 아니라 수호로서는 주상욱이 얼마나 주도면밀한 인간인지 몰랐다.

문성국에게 비슷한 이야기를 듣기는 했지만, 끼리끼리 모인 놈들이니 서로 상대를 헐뜯는 것이라 생각했다.

하지만 지금 와서 생각해 보니 정말로 문성국이 한 말처럼 주상욱은 생존 본능이 강한 쥐와 같은 놈이라는 판단을 내리게 되었다.

그렇지 않고서야 어떻게 이런 일이 벌어질 것을 알고 근처에 있다 도망을 쳤겠는가.

하지만 그렇다고 주상욱을 그대로 둘 수는 없었다.

'도망을 친 것 같으니 어디로 갔는지 알아봐.'

[알겠습니다.]

슬레인과 텔레파시를 통한 대화가 끝나자 더 이상 주상욱을 기다릴 필요가 없게 되어 이제는 자신을 둘러싼 깡패들을 어떻게 처리해야 할지 고민했다.

"납치를 의뢰한 주상욱은 도망을 친 것 같은데, 그럼 너희를 내가 어떻게 해야 할까?"

마음 같아선 모두 죽여 버리고 싶은 마음이 간절하지만, 이곳이 인구가 적은 속초도 아니고 가까운 곳에 산이 있다고 해도 그곳은 사람들의 왕래가 많았다.

그렇기에 사람을 죽이고 처리하기에는 좋은 장소가

아니다.

그렇다 보니 이들을 처리할 방법이 적당치 않았다.

그렇다고 이들을 그냥 용서하는 것도 성에 차지 않았다.

자신들을 어떻게 할지 고민하는 수호의 중얼거림에 진룡을 비롯한 흑사파 조직원들은 긴장하지 않을 수 없었다.

지금까지 수호가 보여 준 무력시위는 이들에게서 전의를 모두 앗아 갔기 때문이다.

8. 대비

주한미군 군수 지원부 부장인 존 슐츠는 조금 전 CIA로부터 들어온 소식에 어처구니가 없었다.

여기가 본국은 아니더라도 CIA라 하면 전 세계에서 가장 정보를 잘 다루는 조직 중 하나다.

아니, 엄밀히 말하면 그중 톱이라 해도 과언이 아니다.

이는 그가 미국인이라서 하는 생각이 아니라 CIA가 보유하고 있는 인적 자원이나 그들이 사용하고 있는 첨단 기술, 그들이 사용하는 한 해 예산만 해도 천문학적인 양이었다.

막말로 CIA가 사용하고 있는 예산은 웬만한 국가 1년 예산에 버금갈 정도로 엄청났다.

특히나 국외·첩보에 특화되어 있기에 이번 일도 금방 처리될 것으로 예상했다.

하지만 그 예상은 절반만 맞았다.

존 슐츠의 예상대로 SH화학 사장 납치 사건은 몇 시간도 지나지 않아 해결이 되었다.

다만, 그것이 자신들 미국의 힘에 의해 해결된 것이 아닌 SH화학 자체 능력으로 납치된 정상현 사장과 그의 비서가 무사히 풀려났다.

아직 정확한 정보가 들어오지 않아 사건 경위는 알 수 없지만, SH화학의 고문 정수호가 나섰을 것이라 생각되었다.

수호는 동맹인 한국의 특수부대 출신으로, 작전 중 총상으로 인해 장애를 얻어 전역한 것으로 알려졌지만, 전역 후에도 PMC인 아레스라는 회사에서 고문으로 등록되어 있었다.

아레스의 고문은 그저 그 직함처럼 작전 조언 정도가 아니라 오히려 직접 직원들을 훈련시키는 교관에 가까웠다.

장애 판정을 받아 강제 전역을 당했다는 것을 들었는데, 어찌된 영문인지 알 수가 없어 그에 대한 정보는 계속해서 수집하는 입장이지만, 아직까지 결론이 나지 않았다는 보고를 받았다.

존 슐츠가 생각하기에 참으로 의문이 많은 미스터리한 존재가 아닐 수 없었다.

장애 판정까지 받아 강제 전역한 사람이 훈련 교관으로 PMC를 훈련시키는 것은 물론이고, TV 프로에 나와 그 능력을 보여 주는 것도 이해가 가지 않았다.

그런데 존 슐츠를 더욱 놀라게 만든 것은 그런 능력들이 아니다.

존 슐츠가 수호에 대한 정보를 받고 놀란 것은 다름 아니라 SH화학에서 생산되는 두 가지 물건들이 모두 군대는 물론이고, 민간에서도 널리 쓰일 수 있는 물질, 즉, 범용성이 뛰어난 물건이라는 것이다.

거기에 이 두 가지 물질을 군대를 전역한 지 불과 1년이 조금 지난 기간에 만들어 냈다.

막말로 미국에는 거대 기업이 운영하는 연구소는 물론이고, 유명 대학에서도 기업과 교육 기관이 합심하여 연구하는 산학 협력도 활발히 진행을 하고 있다.

하지만 이와 같은 물질을 하나 개발하는 데 수천만 달러에서 수십억 달러에 이르는 천문학적인 예산을 투입하게 된다.

그럼에도 그중 대부분은 실패를 하고 백에 하나, 혹

은 천에 하나 성공하여 개발에 투입한 예산의 몇 십, 몇 백 배의 이득을 가져다주었다.

그런데 그런 특별한 물질을 SH화학은 1년도 되지 않는, 그토록 짧은 기간에 두 개나 보유하고, 또 생산을 하고 있다.

특허 물질을 개발했다고 해서 모두 돈이 되는 것은 아니란 걸 존 슐츠는 물론이고, 많은 사람들이 알고 있다.

즉, 특허 물질을 개발하는 것에 성공을 하고 그것을 실용화하기까지 또 얼마나 많은 시간과 예산이 집행될지는 아무도 예단할 수 없다.

그런데 그런 과정을 생략하고 SH화학은 개발과 함께 바로 생산에 들어갔다.

이것만 봐도 그것들을 개발한 수호의 능력이 얼마나 뛰어난지 알 수 있었다.

그래서 존 슐츠는 SH화학과 납품 계약을 끝내고 바로 방탄 스프레이를 개발한 사람이 누구인지, 할 수만 있으면 그를 미국으로 데려가려 하였다.

하지만 나중에서야 방탄 스프레이뿐만 아니라 SH화학에서 자주포용 장약을 싸고 있는 장약 주머니를 포탄을 (주)화산에 납품하고 있다는 것을 알아냈다.

방탄 스프레이처럼 미군이 급히 수입해야 할 정도로

획기적인 물건은 아니었지만, 이 또한 활용 방안만 찾아낸다면 정말이지 엄청난 전력 향상이 될 것으로 예상되는 물건이란 것을 알게 되었다.

여기서 존 슐츠는 이상한 점을 발견했다.

두 물질을 개발한 사람이 SH화학의 고문인 수호라는 것이다.

처음에는 납품 계약 건으로 만난 사이라 젊은 사내가 나온 것에 놀랄 뿐이었다.

그러다 수호가 오너 일가이며, SH화학의 대주주란 것에 좀 더 놀랐다.

불과 1년 전까지만 해도 이런 일과는 전혀 연관이 없는 군인이었다.

그것도 위험천만한 전쟁터에서 테러 조직이나 반군과 전투를 벌이는 특수부대원으로 복무를 하던 사람이었다.

더욱이 그의 군 경력은 10년 가까이나 되었다.

알면 알수록 수호에 대한 미스터리는 깊어만 갔기에 그에 대한 감시도 부탁을 했다.

그런데 이번에는 또 어떤 능력을 발휘하였기에 CIA보다 더 먼저 납치범의 소재지를 알아낸 것인지 알 수가 없었다.

존 슐츠의 계획은 납치된 SH화학 사장을 한국의 경

찰들이 찾기 전, 미군이 먼저 그의 신병을 확보한 뒤에 차후 SH화학에서 생산하는 모든 물건에 대한 계약 우위를 점하려 하였다.

그런 미군의 계획, 아니, 존 슐츠의 계획은 수포로 돌아가고 말았다.

자신들이 나서기도 전에 수호에 의해 납치된 정상현은 물론이고, 비서까지 무사히 구출이 되었고 납치범들까지 그의 밑으로 들어갔다.

무슨 이유에서인지 모르겠지만, 수호는 납치범인 깡패들을 경찰에 넘기지 않고 그냥 풀어주었다.

겉으로 보기에는 그저 납치 이전으로 돌아간 것으로 보였지만, 수호의 행동을 예의 주시하고 있던 CIA와 존 슐츠의 판단은 달랐다.

수호가 뭔가 음모를 꾸미고 있다고 판단했다.

아무 이유 없이 범죄자들을 그냥 풀어놓는다는 것은 상식에 어긋나는 일이기 때문이다.

그것도 자신의 가족을 납치했는데 말이다.

그렇지만 현재로서는 어떤 정보도 없기에 존 슐츠는 어떠한 판단도 쉽게 단정 지을 수 없었다.

＊　　　　＊　　　　＊

납치된 둘째 큰아버지와 김 비서를 아버지 편에 보내고 흑사파 본거지에 홀로 남아 있던 수호는 고민을 하였다.

자신의 가족을 납치하였는데 이들을 그냥 놔두는 것도 그렇고, 또 한국의 경찰에게 넘기는 것도 마음에 들지 않았다.

수호가 이런 판단을 내린 이유는 모든 경찰들이 모두 그런 건 아니지만, 몇몇 경찰이나 공무원들은 문제가 많기 때문이다.

신입 경찰이나 전출을 온 지 얼마 되지 않은 공무원의 경우엔 그렇지 않지만, 그 지역에 오랫동안 근무한 경우에는 희한하게도 그 지역 유지나 깡패들과 너무도 유착한 모습을 보여 주었다.

이곳 대림동도 마찬가지다.

수호가 알아본 바에 의하면, 여기 흑사파도 담당 경찰들과 유착한 경향이 포착되었다.

물론 그들도 변명거리가 없진 않을 것이다.

흑사파가 국내 조직도 아니고 같은 동포라 해도 조선족은 엄연히 중국 국적을 가지고 있어 문제가 발생하더라도 국내법으로 처벌하는 게 쉽지 않다.

그러다 보니 같은 조선족 깡패 조직인 흑사파나 같은 동향의 깡패 조직들이 그들을 착취하더라도 그냥 눈감고 넘어가는 경우가 많았다.

다만, 내국인과 엮이지 않는다면 말이다.

그리고 이런 보이지 않는 경찰들의 봐주기에 조선족 깡패들이나 외국 깡패 조직들도 적당히 그들과 같은 곳에서 온 외국인들만 상대하기에 그동안 별다른 큰 문제를 만들지 않았다.

다만, 이번 일은 조선족 조직인 흑사파가 불문율과 같은 내국인을 납치하는 사건이기에 경찰에 넘기면 분명 큰 이슈가 될 터였다.

그런데 또 여기서 문제가 발생을 한다.

희한하게도 대한민국 공무원들은 대체적으로 복지부동과 무사안일을 지향한다.

공무원이라면 당연히 자신이 맡은 소임대로 국민의 안전과 재산을 지키기 위해 노력해야 함에도 불구하고 한 번 공무원이 되면 마치 그것이 벼슬인 것처럼 국민의 위에 올라앉아 책임보단 권리를 먼저 찾았다.

또 사건이 터지면 그것을 해결하려는 것이 아니라 혹시라도 자신에게 불똥이 튈지 몰라 그것을 묻거나 덮으려 한다.

아마 이번 문제도 해결하려고 하기보단 덮으려 할 것이 뻔했다.

그렇기에 수호는 고민하지 않을 수 없었다.

더욱이 이번 일의 배후인 주상욱의 경우, 많은 권력자들과 연을 맺고 있지 않은가.

언젠가는 그들을 모두 쳐 내거나 엮어 자신의 밑에 굴복시켜야 하겠지만, 아직은 그런 시간적 여유가 없어 일부만 처리하고 남겨 두었다.

그러니 어쩌면 자신이 이번 것을 문제 삼아도 주상욱은 겉으로 드러나지 않았기에 그냥 넘어갈 수도 있었다.

"너희를 어떻게 할까?"

수호는 너무도 담담히 흑사파의 두목인 진룡을 보며 중얼거렸다.

이는 그의 대답을 듣기 위해 한 말이 아니었다.

이런 수호의 중얼거림을 들은 진룡 역시 수호가 자신에게 떠들고 있기는 하지만, 그것이 대답을 듣기 위한 물음이 아님을 알고 조용히 그의 눈치만 보았다.

그때, 수호가 바닥에 있던 테이블 상판을 갑자기 잡아 쥐었다.

그러자 테이블이 요란한 소리를 내며 쥐어뜯겼다.

꽈드드득!

'헉!'

지금까지 수호는 이곳에 와 몇 번의 무력시위를 보여 주었다.

방금 전 쥐어뜯은 테이블을 내려치거나 뒤에 서 있는 조선족 깡패들을 아무런 피해 없이 두들겨 패거나 하는, 혹은 동전을 던져 시멘트로 만들어진 블록 벽에 꽂아 넣거나 하는 등등.

결코 평범하지 않은 무력시위를 보여 줌으로써 이들을 제압했다.

하지만 방금 전 보여 준 것은 보통의 상식으로는 도저히 가늠되지 않는 것이다.

물론 동전으로 시멘트 블록에 박아 넣는 것도 상식적이지 않지만, 인간의 악력으로 원목의 도박 테이블 상판을 뜯어내는 것은 보통 사람으로선 할 수 없는 일이다.

도박 테이블 상판에 이 정도 흔적을 남기기 위해선 2톤 이상의 악력이 필요한데, 인간의 악력이 아무리 강력하다 하지만 100kg을 조금 상회할 뿐 톤 단위로 넘어가지 못한다.

즉, 그 말은 지금 수호가 보여 준 것은 도저히 인간적으로 말이 되지 않는 짓이었다.

2톤이란 압력은 프레스 기계에서나 나올 수 있는 수치였다.

"한 가지 제안을 하지."

수호는 그렇게 무력시위를 하고는 자신의 뜻을 이들

에게 밝혔다.

"음."

수호가 이들에게 한 제안은 별거 아니었다.

자신을 납치한 문성국과 그 일당에게 그러던 것처럼 독액이 들어 있는 마이크로 칩을 이들의 몸속에 심는 것이다.

다만, 문성국과 그 일당들은 모두 정보 조직에 속한 이들이다 보니 독기를 품고 참는다면, 일반 신체 부위에 심어 둔 마이크로 칩을 제거할 수도 있었기에 수술이 쉽지 않은 특수 부위에 칩을 심었다.

하지만 이들은 그저 삶이 밑바닥이라 거친 것이지, 자신의 신체에 대한 애착은 그 누구보다 강한 부류들이었다.

타인의 신체가 훼손되는 커다란 상처보다 자신의 손톱 밑에 낀 가시의 고통이 더 크다고 생각하는 이들이었다.

그러니 신체 어느 부위에 마이크로 칩을 심더라도 이들이 그것을 결코 제거할 엄두도 내지 못할 것을 알았다.

그렇기에 수호는 이들의 겨드랑이에 마이크로 칩을 심었다.

혹시 칩을 제거하려고 시도하는 이가 있을 수 있기에

사타구니보다는 안전하지만, 겨드랑이는 주요 혈관이 많이 지나가는 곳이니 그러한 시도를 해 볼 엄두를 내 진 못할 것이다.

아무튼 이런 수호의 제안을 받은 흑사파 조직원들은 우두머리인 진룡을 비롯해 한 사람도 빠짐없이 그 제안 을 받아들였다.

그래야 자신들이 온전한 신체를 가지고 삶을 영위할 수 있음을 무력시위를 통해 알 수 있었기 때문이다.

만약 그러한 무력시위가 없었더라면 쉽게 수호의 제 안을 받아들이지 않았을 것이다.

수호 자신이 이들을 그냥 내버려 두는 것은 이러한 금제를 할 걸 공지했기 때문이지, 만약 자신의 제안을 받아들이지 않는 사람이 나오면 조금 전에 테이블이 뜯 긴 것처럼 신체 일부를 뜯어 주겠다고 협박했을 것이 다.

*   *   *

"이제 우린 어떻게 되는 거임까?"

진룡은 마지막 부하까지 몸에 마이크로 칩이 삽입되 는 것을 보고 물었다.

몸속에 독액이 들어 있는 마이크로 칩을 박았다는 생

각에 삶에 대한 희망이 확 줄어 버린 지금, 언제 죽을지 모른다는 불안감에 물어보는 것이다.

"앞으로 내가 하는 지시에 잘만 따른다면 큰 불편함 없이 삶을 영위할 수 있을 것이다."

진룡의 질문에 수호는 입가로 살짝 미소 지으며 대답하였다.

솔직히 수호의 입장에서 볼 때, 깡패들은 사회에 전혀 도움이 되지 않는 쓰레기였다.

그러니 엮이면 바로 처리하는 것이 그의 성미에 맞았다.

이미 그런 전례가 없는 것도 아니기에 그냥 처리하면 편했지만, 이들이 자리를 잡고 있는 지역이 지역이고, 또 여러 사람이 자신과 이들의 관계를 보았기에 쉽게 처리할 수도 없었다.

그러다 생각해 낸 것이 바로 '개똥도 약에 쓰려면 없다'라는 속담이었다.

그 말을 뒤집어 생각하면 쓸모없는 것도 쓰일 곳이 있다고 볼 수 있지 않은가.

그래서 혹시나 쓰일 곳이 있을지 모른다는 생각에 살려 둔 것이다.

솔직히 언제 이들을 쓸 일이 있을까 싶기도 하지만 말이다.

이들을 쓸 바엔 이미 제압해 둔 문성국 일당이 있었으니, 굳이 흑사파와 같은 깡패 조직이 수호에게 필요할지는 아직 의문이었다.

하지만 슬레인은 굳이 이들을 죽일 필요가 없다는 생각에 금제만 걸고 놔두기를 권유하였다.

그런데 사실 인간들의 역사를 보면 깡패들이 전혀 도움이 되지 않는 것도 아니었다.

가까운 예로, 1976년 정치 깡패인 김태촌이 자신의 부하들을 거느리고 야당인 신민당에 쳐들어가 난동을 부린 사건이 있었고, 또 일제 강점기 때 일본의 낭인들이 당시 주 조선 공사인 미우라 고로의 사주를 받고 왕궁에 침입하여 왕비인 명성 황후를 시해한 사건을 들 수 있다.

그것에 비춰 보면, 지금이야 쓰임새가 마땅하지 않지만, 언제 어느 때 이들을 쓸지 모르는 일이다.

그리고 이런 결정은 몇 년 후 값어치 있게 쓰이게 된다.

*　　　*　　　*

대림동 성모 병원.

수호는 흑사파의 일을 마무리한 후 집으로 가기 전,

아버지에게 전화를 했다.

둘째 큰아버지와 김 비서의 안부를 묻기 위해서 말이다.

그런데 두 사람이 흑사파 건물을 나서기 무섭게 탈진을 하는 바람에 급히 인근에 있는 성모 병원으로 옮겼다는 것이다.

흑사파에게 납치되었을 당시만 해도 정신을 차려야 살아날 수 있다 생각했기에 억지로 정신을 추스르고 있었는데, 수호가 나타나 자신들을 구출해 주고 또 잔인하다는 조선족 깡패 소굴에서 나오자 그만 정신을 놓은 것이다.

그것 때문에 이들을 데리고 나오던 중현과 경호원들이 급히 성모 병원에 입원을 시키고 진찰을 받게 하였다.

다행히 몸에 별다른 이상은 없었다.

다만, 심각한 정신력 소모로 인한 탈력감에 실신한 것이란 진찰 결과를 받았다.

"좀 어떠신 것 같아요?"

1인실에 누워 있는 둘째 큰아버지를 보며 수호가 물었다.

둘째 큰아버지는 기절한 뒤로부터 아직 깨어나지 못했기에 아버지가 대신 대답했다.

"몸에는 이상이 없다고 하니 좀 더 두고 봐야겠다."

"네, 큰어머니께는 연락 드리셨어요?"

"음, 납치되었다 풀려났다고 하면 너무 놀랄 것 같아 그냥 쓰러졌다고만 했다."

중현은 둘째 형의 상태를 그대로 이야기했다가는 형수가 너무 놀라 기절할 수도 있기에 병원에 입원한 것에 대해 일단 적당히 둘러댔다.

"잘하셨어요. 좋은 일도 아닌데 굳이 모두 말씀드려서 놀라게 할 필요는 없지요."

아버지의 이야기를 들은 수호도 그 말에 공감하였다.

"으음……."

수호와 중현이 이야기하고 있을 때, 침대에 누워 있던 상현이 신음을 흘리며 깨어났다.

"여긴 어디야?"

깡패들에게 납치당했다가 조카에 의해 구해져, 동생인 중현과 함께 깡패 소굴을 빠져나오던 것까지 기억이 났다.

하지만 눈을 뜨니 너무도 낯선 장소라 살짝 두려움이 밀려와 목소리가 떨렸다.

"형님, 깨어나셨어요?"

중현은 깨어나 소리치는 이복형의 목소리에 얼른 그의 곁으로 가서 물었다.

"어, 중현이냐?"

익숙한 동생의 목소리가 들리자 상현은 그제야 조금 안정이 되는지 소리가 낮아졌다.

"예, 건물을 빠져나오다 형님께서 기절하는 바람에 병원으로 모셨습니다."

중현은 그가 기절을 한 사이 어떤 일이 있었는지 간략하게 설명해 주었다.

"김 비서는?"

자신과 함께 납치된 김 비서에게 동질감을 느끼는 것인지, 아니면 언제나 자신의 곁에서 수행하는 그의 모습이 보이지 않아 그런 것인지는 정확하게 모르겠지만, 상현은 자신의 비서인 김성규의 행방을 물었다.

"김 비서도 형님과 비슷한 증상을 보이기에 옆방에 입원시켰습니다."

비서라고 해서 차별하지 않고 상현의 옆 병실에 입원을 시켰다.

"혹시 몰라 형수님께는 외근을 나오셨다가 쓰러진 것으로 이야기하였습니다."

혹시나 말이 어긋날까 봐 자신이 집에 연락한 내용을 이야기했다.

"잘했다."

말하던 중 상현은 동생의 뒤로 보이는 수호의 모습을

보았다.

괜한 자격지심에 회사를 나왔다가 납치된 것이나 자신이 납치되었을 때, 홀로 깡패들 소굴로 뛰어들어 자신을 구해 준 것 등 많은 것이 그의 머릿속을 스치고 지나갔다.

"고맙다."

상현은 조카인 수호를 보며 정말로 고맙다는 말을 하였다.

수호는 둘째 큰아버지가 자신에게 고마움을 표하자 너무 뜻밖이라 깜짝 놀랐다.

자존심 때문인지, 아니면 반만 섞인 핏줄 때문인지는 모르겠지만, 자신의 큰아버지들은 지금까지 자신에게 고맙다는, 또 그 비슷한 말을 단 한 번도 한 적이 없었다.

그런데 둘째 큰아버지가 이런 말을 하니 놀란 것이다.

"아니요. 가족이라면 당연한 일입니다."

수호는 별것 아니란 듯 당연하다고 말하였다.

그런 수호의 대답에 상현은 다시 한번 자신이 얼마나 이기적으로 생각하고 있었는지 깨달았다.

오래전, 수호가 어렸을 때 무엇 때문에 방황하는지 잘 알면서도 자식을 위한 길이라 생각해 모른 척했다.

그때, 자신이 지금의 수호와 같은 마음이었다면, 조금만 더 신경 쓰고 여느 조카를 보는 것처럼만 신경 썼더라면 어땠을까.

"오늘 큰일도 당하셨는데, 그만 쉬십시오. 전 이만 가보겠습니다."

너무 뜻밖의 말을 들어서 그런지 수호는 그 자리가 왠지 어색해 얼른 말한 후, 병실을 빠져나왔다.

그리고 김 비서가 있는 옆 병실로 가 그의 상태를 확인하고 집으로 향했다.

*   *   *

병원을 나와 집에 도착한 수호는 급히 슬레인을 찾았다.

슬레인을 찾은 이유는 다름이 아니라, 흑사파 본거지로 납치된 둘째 큰아버지를 데려가기로 한 주상욱이 나타나지 않기에 그의 행방을 알아보기 위해서다.

"주상욱의 행방은 어떻게 되었어?"

[심양범텍 주상욱 사장의 행방은 오늘 오후 4시 40분경 인천항에서 어선을 타고 나가 중간에 중국으로 넘어간다는 통화 기록을 확인하였습니다.]

"뭐?!"

이미 주상욱이 국내를 빠져나가 중국으로 향했다는 소리에 그만 화를 참지 못하고 소리쳤다.

국내 어딘가로 숨어 있을 것이라 생각했는데, 주상욱은 그보다 더 생존 본능이 뛰어난 것인지 뭔가 문제가 발생했다는 느낌만으로 국내가 아닌 국외로 도망을 쳤다.

참으로 놀라운 능력이 아닐 수 없었다.

어떻게 보면 참으로 하잘것없는 능력이라고 할 수도 있지만, 어떻게 사용하느냐에 따라 그 효과는 천차만별인 능력들이 있다.

사업을 하는 데 별로 쓸모가 없는 능력이지만, 주상욱처럼 합법과 불법을 넘나들며 사업을 영위하는 이들에게는 이보다 좋을 수가 없는 것이다.

수호가 납치된 상현과 김성규를 구출하기 위해 흑사파 본거지로 쳐들어가 그들을 제압했다는 사실을 외부에선 아무도 몰랐다.

그런데 통화도 하지 않았는데, 어떻게 내부의 일을 알고 바로 도망쳤는지 참으로 미스터리다.

설마 주상욱도 자신처럼 외계인을 만나 특별한 능력을 받은 사람은 아닌가.

좀 허황된 상상을 해 보지만, 그런 일을 경험할 수 있는 사람이 몇이나 되겠는가.

아무리 지구에 60억 이상의 인간이 살아가고 있다고 하지만, 외계인을 만날 확률이 얼마나 되겠는가.

거기에 만났다고 해도 그 외계인이 선의를 가지고 있을 확률은, 그리고 특별한 능력을 주는 경우는 또 얼마나 될지 아무도 모르는 것이다.

그것을 확률로 따진다면 아마 소수점 밑, 열 번째 이하로 더 내려갈 것이다.

즉, 일어날 확률이 0에 수렴할 것이란 이야기였고, 그 말은 주상욱이 일반인이란 소리다.

그럼에도 위기를 넘겨 생명을 보존할 수 있는 것만 봐도 주상욱 또한 범상치 않은 인간이었다.

하지만 그것은 그것이고, 수호는 이번 일을 꾸민 주상욱을 그냥 놔둘 생각이 없었다.

이미 문성국으로부터 이야기를 들어 주상욱의 성향을 아는 상태에서 이런 일을 기획한 걸 보면, 그는 절대로 SH화학이 가진 것을 포기하지 않으리란 걸 알고 있었다.

자신의 능력으로 방위사업청과 맺은 계약을 막을 수 없다 판단한 주상욱은 자신이 속한 조직에 SH화학과 방위사업청의 계약을 이야기하였다.

그러면서 그 사업권을 자신이 가져오게끔 도움을 요청했다.

그러다 욕심이 생긴 문성국이 독자 노선을 걷자 이번에는 깡패들을 동원해 일을 벌였다.

문성국과 다르게 그는 무력을 행사할 부하들이 없어 자신과 인연이 있는 조선족을 통해 깡패를 수배하여 이번 일을 힐책하였다.

이것만 봐도 주상욱이란 자는 일반적인 사고를 가진 사업가가 아님을 알 수 있었다.

그런데 이번 일이 실패했으니 어쩌면 중국에서 좀 더 큰 깡패 조직을 동원하든, 아니면 그 이상을 등에 업고 한국으로 들어와 일을 벌이든, 그 무엇도 알 수는 없었다.

다만, 주상욱이 이번 일을 교훈 삼아 다시는 이런 일을 하지 않기보단 또 다른 방식으로 일을 벌일 것이란 건 사실일 터이다.

그런 사실을 알고 있는 상태에서 그를 그냥 두고 볼 수는 없었다.

이번에는 자신의 둘째 큰아버지가 타깃이었지만, 다음에도 둘째 큰아버지를 타깃으로 할지는 알 수 없기 때문이다.

"급히 한국을 빠져나간 걸 보면 도피 자금이 얼마 없을 테니 곧 행선지가 밝혀지겠군."

자신이 흑사파 본거지에 쳐들어간 시간과 주상욱으

로부터 걸려온 전화로 의심되는 전화가 온 시간을 따져보며 그가 한국을 빠져나간 시간은 오후 2시에서 3시 사이가 될 것이다.

그 시각이라면 대림동에서 인천항까지 가는 시간, 그리고 중국으로 가는 배를 구하는 시간까지 감안하면 무척 빠듯했다.

[도망치는 주상욱이 심양컴텍 총무부의 대리를 통해 30억 원을 차명 계좌로 이체 받았습니다.]

"뭐?!"

예상과 다르게 도망을 친 주상욱이 30억이란 돈을 가지고 있다는 소리에 깜짝 놀랐다.

30억 원은 결코 적은 금액이 아니다.

막말로 그 돈이면 자신의 신분을 지우고 새로 만들고도 남을 액수였다.

뿐만 아니라 그렇게 새로운 신분으로 세탁을 한 뒤, 지금만큼은 아니어도 동남아로 넘어가면 충분히 비슷한 삶을 영위할 수도 있을 만한 돈이기에 수호의 표정은 조금 전보다 더 굳어졌다.

"안 되겠다."

수호는 작게 중얼거린 다음 문성국에게 전화를 걸었다.

주성욱의 수중에 이미 30억이란 거금이 들어간 상태

에서, 더 이상 그에게 돈이 들어가는 것을 막아야 한다는 생각으로 누구에게 전화하는 것이 좋을지 판단하다 문성국을 선택했다.

비록 자신과 좋지 않게 엮인 사이였지만, 이제는 자신의 밑으로 들어온 상태다.

그리고 그는 국정원 제2차장을 역임하던 사람이기에 수많은 인맥을 가지고 있었다.

물론 아레스의 심보성 사장을 통해도 원하는 일을 할 수 있겠지만, 그렇게 되면 심보성 사장에게 빚을 지는 것이 되기에, 더 빠른 길을 놔두고 굳이 빚을 져 가며 할 이유가 없었다.

물론 이 일이 불법적인 일이긴 하지만 수호는 별로 상관이 없다고 생각했다.

상대가 이미 불법적으로 자신을 상대로 음모를 꾸몄는데, 자신이 굳이 영화에 나오는 주인공처럼 정정당당하게 정면 승부를 볼 필요가 없다는 생각을 가지고 있기 때문이다.

그리고 수호는 2년 전까지만 해도 목적을 위해서는 수단과 방법을 가리지 않고 적을 섬멸하던 특수부대원이었다.

군인, 특히나 국가의 이익을 위해 해외에 파병된 특수부대원들과 같은 경우 적과 정면 승부를 하는 경우는

울트라 코리아

드물었다.

적을 기만하기 위해 위장을 하거나, 온몸에 페인트칠을 하여 적으로 하여금 발견이 쉽지 않게 하여 야간에 기습을 가하기도 한다.

또 포로를 잡았을 때 제네바 협정에 의해 대우하기보단 금지하는 고문을 통해 자백을 받아 본거지를 초토화하기도 했다.

물론 그 대상이 정규군이 아닌 반군이나 테러 조직이었기 때문에 이런 것이 불법임에도 암암리에 묵인되었다.

이런 생활을 수호는 10년 가까이하였다.

그러다 보니 사회에 나와 일반인이 되었음에도 불구하고, 적이라 판단되는 존재에 대해선 손속에 자비를 두지 않았다.

그 예가 바로 속초시의 깡패 조직인 창호파를 몰살시킨 일이다.

자신과 인연을 맺은 플라워즈에 대한 납치 시도뿐만 아니라, 자신과 가족에 대한 암살 의뢰를 한 창호파를 그냥 두고 볼 수가 없어 그들이 일을 벌이기 전 의뢰 주체인 창호파를 지상에서 지워 버렸다.

비록 깡패이나 그들에게도 가족들이 있을 것이지만, 수호는 그런 걸 감안하지 않았다.

깡패들의 가족들이 그들이 사라진 것에 대해 안타까워할 수는 있지만, 그렇다고 해서 자신이 가족이나 가까운 사람들을 잃고 슬퍼하는 것보단 그것이 낫다 판단을 했다.

이번 흑사파도 창호파처럼 주변에 자신의 범죄를 숨길 수만 있었다면 굳이 마이크로 칩을 삽입하는 귀찮은 일을 하지 않고 바로 처리했을 것이다.

"여보세요. 난데……."

수호는 문성국에게 전화를 해 심양컴텍의 주상욱 사장이 오늘 벌인 일을 이야기하곤, 그에게 들어가는 자금줄을 막으라는 명령을 내렸다.

뿐만 아니라 심양컴텍에 대한 인수를 할 수 있는지도 조사하게 만들었다.

어차피 중국으로 도망친 주상욱을 그냥 둘 것도 아니고. 그렇다면 결국 심양컴텍이 남게 되는데, 방위사업체인 심양컴텍을 그냥 공중 분해하기보다는 인수를 해서 자신이 사용하는 것이 국가에도 이득이고, 자신 역시 이득이란 생각이 들었다.

그렇게 문성국에게 주상욱의 자금을 차단하고, 또 그가 사라진 뒤에 남게 될 심양컴텍에 대한 것도 조사하게 한 후에 통화를 마쳤다.

"주상욱에 대한 것은 일단 여기까지 하고 남은 건 이

런 일이 다시는 발생하지 않게 조치를 취해야겠군."

둘째 큰아버지가 백주에 납치된 것은 수호에게 조금은 충격으로 다가왔다.

영화에서나 나올 법한 일이 실제로 벌어지지 않았는가.

그리고 생각해 보면 SH화학이 생산하고 있는 물건의 가치를 안다면 충분히 해 볼 법한 일이란 생각도 들었다.

SH화학에서 생산하는 물건은 두 가지였지만, 그것들의 가치는 실로 어마어마하였다.

최초 개발한 단열재도 그렇고, 두 번째로 개발한 방탄 스프레이의 경우 군뿐만 아니라 총기 소지가 합법인 나라나 치안이 불안정한 멕시코나 중남미의 경우, 시판이 되면 수요보다 공급이 딸려 값이 천정부지로 치솟을 것이 뻔했다.

중남미 국가들의 경우, 대낮에도 차의 창문을 열고 돌아다닐 수가 없다.

그 이유는 불안한 치안으로 잠시 교차로에 정차되기라도 하면, 바로 어디선가 권총을 든 강도가 다가와 차 안으로 총을 들이밀고 강도짓을 하기 때문이다.

아니, 그 정도면 다행이라 할 수 있었다.

차 문이 열려 있다면 우선 총부터 쏘고 보는 부류도

있기 때문이다.

그래서 중남미로 출장을 가는 사업가들은 외출을 할 때 경호원을 꼭 대동하고 또 차 문은 절대로 열지 말 것을 교육받는다.

더욱이 돈이 있어 보이는 사람을 보면 달려드는 이들이 많기에 그중 누가 도움을 청하는 사람인지, 아니면 카르텔 조직원인지 알 수 없어 중남미의 보안 사업은 웬만한 사업 이상으로 규모가 컸다.

그러니 만약 그런 곳에 방탄 스프레이가 풀린다면 어떻겠는가.

뿌리기만 해도 방탄 효과를 보이는 물건, 기존 물건에 뿌리기만 하면 방탄 능력이 상승하는 물건을 사업가는 물론이고, 범죄 조직인 카르텔도 고객으로 유치할 수 있는 물건인 것이다.

어떻게 보면 미국이 SH화학을 상대로 정상적인 거래를 취한 것은 아주 이례적인 일이 아닐 수 없었다.

물론 그런 일이 발생했다면 수호가 가만있지는 않았겠지만 말이다.

어찌 되었든 SH화학에 대한 자세한 정보를 알게 된 사람들 중 주상욱처럼 욕심을 부리지 않을 사람이 몇이나 될까?

100이면 99는 그와 같은 욕심을 부려 볼 것이고, 또 그중 몇은 주상욱처럼 제 분수도 모르게 일을 벌이는 이도 나올 것이다.

그러니 수호는 이번 기회에 확실하게 본때를 보여서 다른 사람들로부터 자신이 결코 만만한 존재가 아님을 알릴 계획이었다.

9. 미래를 위한 준비

PMC 아레스의 성장은 보통 사람들의 상상 이상으로 급속히 발전하였다.

최초 아레스가 설립된 때는 지금으로부터 1년 8개월 전이다.

모종의 사건으로 아프가니스탄 파견 부대 부대장이 군의 처우에 반발하고 예편을 하였다.

그 부대장이 심보성으로, 그의 결정에 그의 밑에 있던 장교들과 많은 수의 부대원들이 전역 신청을 하고 PMC인 아레스란 회사 아래 뭉쳤다.

이는 대한민국 육군, 아니, 전군을 통해 최초의 사건

이었다.

그도 그럴 것이, 일반 부대도 아니고 이들은 특수부대다.

한 사람의 특수부대원을 양성하기까지 들어가는 예산이 일반 사병을 양성하는 예산과는 비교할 수 없을 만큼 엄청나게 투입이 된다.

그런 예산을 집행해 양성한 군인들이 한두 명도 아니고 부대의 정원 95% 이상이 전역 신청을 했다.

그러니 육군 본부에서도 난리가 날 수밖에 없었고, 군대뿐만 아니라 국방부와 청와대까지 소식이 전해져 심각한 논의가 벌어졌다.

하지만 이 모든 소동의 원인이, 작전 중 동료 부대원의 사고가 그 시발점이란 것을 청와대에서 알게 되면서 허탈한 실소를 하고 부대원들의 전역 신청을 받아들일 수밖에 없었다.

나라를 위해 충성을 다한 군인에 대한 예우가 너무 형편없었다는 건 그 어떤 변명도 통하지 않는 이야기다.

심지어 쿠데타로 군인들이 정권을 잡던 때도 그렇지 않았다.

군이 최우선이었기에 군인에 대한 대우가 최고일 수밖에 없었다.

물론 그게 좋다고 할 수는 없지만, 나라를 위해 충성한 사람에게 정당한 대우를 해 주는 것은 다른 사람들에게 나라에 충성하는 것이 당연하다는 당위성을 주었다.

하지만 문민정부를 표방하면서 군인에 대한 인식은 빠르게 식어 갔다.

식은 정도가 아니라 마치 불가촉천민을 보는 듯 터부시하였다.

그러다 보니 나라를 위해 충성을 다하고 부상을 당한 상이군인에 대한 처우도 덩달아 나빠졌다.

이런 일이 시작이 되어 그렇게 많은 예산을 투입해 양성하던 특수부대원들이 대거 전역을 하면서 부대 하나가 사라져 버렸다.

이는 대한민국 국방력이 확 줄어드는 것이었다.

특수부대 하나면 일반 보병 사단 하나보다 더 강력한 전투력을 발휘한다.

부대원 한 명, 한 명이 최정예 군인이다 보니 대한민국을 예의 주시하는 국가에선 혹시나 어떤 음모가 있는 것은 아닌가, 할 정도였다.

그런데 그런 의심이 무색하게 전역을 한 그들은 아레스란 그리스 신화에 나오는 전쟁 신의 이름처럼 거침이 없었다.

최초엔 100여 명으로 발족하더니, 1년이 지나면서 본격적으로 사세를 넓혀 갔다.

행정과 보급을 담당하는 직원만 80여 명으로 늘리고 전투를 하는 현장 직원의 규모를 그 두 배로 늘려 버렸다.

한순간에 전투 요원이 200명을 넘어가면서 아레스는 의뢰인들의 요구를 100% 만족스럽게 해 주었다.

이전의 인원이 부족할 때도 한 건의 실패 없이 완벽한 의뢰를 수행하였는데, 인원이 늘어나게 되면서 더욱 서비스에 만족하게 되었다.

그러니 외부에서 들어오는 의뢰도 늘어나고 의뢰비도 커져서 사세는 더욱 커졌다.

＊　　　＊　　　＊

"사장님, 50명 정도 파견해 주십시오."

수호는 아레스의 사장인 심보성을 바라보며 SH화학의 경비와 경호 인력으로 50명을 파견해 달라고 말하였다.

하지만 아무리 아레스가 전보다 확장하였다고 해도 50명의 인원을 파견할 정도로 여유가 있는 것은 아니었다.

만약 그런 인원이 있다면 바로 외국에 파견을 보냈을 것이다.

"아니, 열 명도 아니고 50명? 아무리 SH화학이 방사청과 납품 계약을 했다고 해도 그건 너무 오버하는 것 아냐?"

이기준은 방금 전 수호가 의뢰하는 이야기를 듣고 깜짝 놀라 물었다.

인원이 충원되면서 자재 부장에서 상무로 진급한 이기준은 경호 인력 파견에 대한 이야기를 조용히 듣다 깜짝 놀랐다.

하지만 이기준이 잊고 있는 것이 있었으니, 바로 SH화학이 방위사업청과 계약한 것만 알지, 미군이 10만 개의 방탄 스프레이 납품 계약을 한 건 알지 못하고 있다는 점이었다.

더욱이 이번에 계약한 10만 개가 겨우 1차분이었다.

1차로 납품된 방탄 스프레이에 대한 평가가 어떻게 나오느냐에 따라 그 주문량은 1차로 끝날 수도 있고, 아니면 상비군 150만 명이 사용할 150만 개 이상으로 늘어날 수도 있었다.

1차 납품만으로도 500억 원 규모의 계약이었다.

이는 직원 수 50명이 되시 않는 중소기업에서 낸 매출이라 하기엔 엄청난 규모다.

그렇다고 PMC에 경비와 경호 의뢰를 50명이나 하는 것 역시 오버였다.

막말로 경호 인력 50명을 직원들 한 명씩에 붙이는 것이나 마찬가지였다.

그럼에도 불구하고, 수호의 표정에는 아무 변화도 없었다.

즉, 지금 수호가 한 말은 절대 장난이 아니란 이야기였다.

"대천에 있는 연구소도 회사 근처로 옮기고 회사의 규모 역시 더 키울 생각입니다."

많은 수의 경호 인원을 파견해 달라는 이야기를 하면서 그 당위성을 언급했다.

"하지만 그래도 너무 많은 것 아니야?"

회사를 더 키울 것이란 이야기를 들었음에도 이기준은 50명이나 되는 직원을 파견해 달라는 건 오버라는 생각을 지울 수 없었다.

현재 아레스 직원들의 전투력은 현역 특수부대원과 비교해도 떨어지지 않았다.

아니, 수호가 교관으로 있을 당시 짜 놓은 매뉴얼이 있어 그대로 훈련을 시키고 있기에 현재 아레스의 현장 직원들의 전투력은 현역 특수부대원보다 높으면 높았지, 절대 떨어지지 않았다.

그도 그럴 것이, 아레스에 지원하는 사람들은 모두 특수부대 출신들이다.

다만, 나이가 들어 신체 능력이 현역보다 조금 떨어지지만, 다른 관점으로 볼 때 경험적인 측면에선 현역병들 이상이라 할 수 있었다.

그런데 수호의 훈련 프로그램을 이수하면 신체 능력이 현역 시절에 버금갈 정도로 향상이 되었다.

그런 상태에서 수많은 현장 경험들이 생생하게 기억날 것이니 당연이 현역병보다 더 임기응변에 강할 수밖에 없었다.

이렇다 보니 외국의 유수 PMC보다 규모면에서 밀리는 아레스였지만, 현장에서의 인기는 최고였다.

원래부터 한국의 특수부대는 세계의 최고 레벨이라고 명성이 자자한데, 그런 최고의 특수부대원들이 모여 조직된 PMC이니 당연했다.

"지금은 우리나라와 미군 정도지만, 앞으로 다른 나라에도 수출을 하게 된다면 지금 말씀하는 인원으로도 부족할 수 있습니다."

수호는 50명의 인원이 파견된다 해도 앞으로 얼마나 더 많은 인원이 필요할지 전혀 예상되지 않는다고 말했다.

"흠……."

조용히 이야기를 듣고 있던 심보성이 작게 침음을 흘렸다.

수호의 말이 전혀 근거 없는 이야기가 아니었기 때문이다.

상무이사인 이기준은 표면적인 것만 알고 있으나, 심보성의 경우 SH화학이 벌이고 있는 사업에 대한 전반적인 정보를 가지고 있었다.

그렇기에 방금 전 수호가 하는 이야기가 엉뚱하다고 생각하지 않았다.

더욱이 무엇 때문인지 수호는 미군과 방탄 스프레이 계약을 하면서 그들이 대한민국 정부에 제공하는 구형 전투기 엔진에도 발을 걸치고 있다는 것을 전해 들었다.

구형 제트 엔진 F404을 가지게 되면서 대한민국은 이를 바탕으로 전투기 엔진을 생산은 물론이고, 독자적 개발도 가능하게 되었다.

물론 돈과 시간만 있다면 그것 없이도 독자 개발을 할 수는 있겠지만, 전투기 엔진을 개발하는 것은 자동차 엔진을 개발하는 것과는 차원이 다른 문제다.

그렇기 때문에 전 세계에서 전투기 엔진을 독자적으로 생산하는 나라는 미국을 비롯한 유럽 등 몇 개의 나라가 되지 않았다.

대한에어로스페이스의 경우는 오래 전부터 미국으로부터 도입되는 전투기들의 엔진을 라이선스 생산 및 정비를 해 오고 있었다.

그러니 어느 정도 전투기 엔진 기술을 가지고 있어 정부에서도 이번 F404 엔진의 생산 및 신형 엔진 개발을 맡길 예정이다.

그런데 SH화학은 전투기 엔진과는 전혀 상관없는 화학제품을 생산하는 회사임에도 불구하고 협상에서 대한에어로스페이스와 함께 소유권을 가져갔다.

즉, 그 말은 SH화학에서도 앞으로 전투기 엔진 생산 및 개발에 뛰어들겠다는 이야기나 마찬가지였다.

심보성은 이점에 집중했다.

수호는 군대에 있을 때나 그의 부하였지, 전역한 뒤부터 수호의 행보는 그의 예상을 한참이나 벗어나 있었다.

"앞으로 확장할 사업 때문에 그런 것인가?"

질문하는 심보성이 수호의 얼굴을 보며 조심스럽게 물었다.

"물론 그런 것도 있습니다. 하지만……."

수호는 대답하면서도 뒤끝을 흐렸다.

이번 납치 사건을 해결하면서 SH화학 밖에서 자신들을 어떻게 생각하고 있는지, 그리고 힘이 없을 때 욕심

많은 그들이 어떻게 행동하는지 알게 되었다.

자신의 강함을 알고 있는 수호는 일을 할 때 거리낌이 없었다.

하지만 자신 주변 사람들까지 그렇지 못함을 이번 일로 깨닫게 되면서, 주변 사람들에 대한 안전도 생각하게 되었다.

"알고 계실지 모르지만, 현재 저희 SH화학은 두 가지 제품을 생산하고 대부분 군납을 하고 있습니다."

천천히 이야기하기 시작한 수호는 현재 SH화학에서 생산하는 물건들이 어디에 소비되고 있는지 설명하였다.

그리고 그것들이 어떻게 응용될지에 대해서도 이야기하였다.

현재는 여건이 되지 않기에 천천히 사업을 진행하고 있어 두 가지 제품만 생산하는 것이지, 그것들을 어떻게 응용하느냐에 따라 더 많은 제품으로 가공되어 나올 걸 상기시켰다.

이런 수호의 설명에 이기준이나 심보성 사장은 깜짝 놀랐다.

단열재와 방탄 스프레이가 많은 부분에 사용될 수 있음을 처음 알게 되었기 때문이다.

지금이야 단순하게 장약을 담는 주머니와 뿌리면 방

탄 효과를 갖게 하는 스프레이일 뿐이지만, 그 사용처
는 무궁무진하였다.

방탄 스프레이의 경우, 이론적으로는 무한 반복해서
방탄 성능을 늘릴 수 있지만, 솔직히 다섯 번 이상 겹치
게 되면 그 성능은 급격히 떨어졌다.

그러니 그 이상으로 효과를 보기 위해선 연구가 더
필요했다.

그렇지만 고작 다섯 번이라 해도 방탄 효과는 엄청났
다.

다섯 번 겹치게 되면 14.7㎜ 중기관총의 총탄도 막아
낼 수 있었기 때문이다.

14.7㎜라 해서 무시할 수도 있지만, 그렇지 않았다.

러시아를 비롯한 동구권에서 사용하는 14.7㎜ 중기
관총의 파괴력은 미국을 비롯한 서방 세계의 20㎜ 기관
총의 파괴력에 버금가기 때문이다.

그래서 러시아를 비롯한 14.7㎜ 중기관총을 사용하
는 국가들은 이를 대물 혹은 장갑차를 상대로 사용하고
있다.

사용하기에 따라 최고 14.7㎜ 중기관총을 막아 낼 정
도의 방어력을 갖게 만들어 주는 물건이 있는데, 이를
욕심내지 않을 나라가 어디 있겠는가.

어떻게 하든 세계 최강인 미국을 넘어서기 위해 불법

도 마다하지 않고 저지르는 중국이나, 예전 냉전 시대의 영광을 재현하려는 러시아, 그리고 대한민국의 발전을 죽기보다 싫어하는 일본, 또 마지막으로 동족이면서 첨예하게 대립하고 있는 북한의 괴뢰정권은 어떻게 해서든 SH화학이 보유한 방탄 스프레이에 대한 정보를 빼내려 할 것이다.

그것이 여의치 않을 때는 심양컴텍의 주상욱이 그랬던 것처럼 관계자를 납치하려고도 할 것이니, 수호로서는 어떻게든 이들을 보호하기 위해 노력을 기울여야 한다.

그 첫 번째로, SH화학의 안전이 확보되면 이번 일을 꾸민 주상욱을 찾아 중국으로 갈 것이다.

현대에서는 그것이 불법이긴 하지만, 결코 주상욱을 영화에 나오는 정의의 사자처럼 법대로만 하지는 않을 것이다.

현대라고 중세의 힘이 곧 정의라는 이야기가 부정되지는 않는다.

미국이 전 세계를 돌아다니며 전쟁에 관여하면서도 정작 안전한 것도 힘이 있어서다.

만약 미국이 그런 힘이 없었더라면, 이렇게까지 지구 곳곳에서 벌어지는 전쟁에 개입하지 않았을 것이다.

2차 대전 초기 미국은 독일, 이탈리아, 일본을 주축으로 하는 동맹군과 영국, 프랑스 등 연합국이 벌이는 전쟁에 중립을 지키며 양쪽에 물자를 팔았다.

그러다 영국 등 연합국이 밀리자 뒤늦게 연합국에 참여하며 전쟁에 뛰어들었다.

물론 미국이 늦게 전쟁에 뛰어든 것은 전적으로 독일이 승승장구하면서 도를 넘은 파괴 행위 때문이기도 했다.

중립국인 자신들의 상선을 독일의 U—보트를 이용해 영국으로 들어가는 배들을 군함이나 상선 상관없이 파괴하면서 독일로부터 피해를 입자 어쩔 수 없이 참가하게 되었다.

그렇게 되자 유럽 전선이 연합군 쪽에 유리하게 돌아가게 되었다.

이에 독일은 자신들의 동맹인 일본에게 아시아, 태평양의 패권을 약속하면서 당시 걸리적거렸던 미국을 공격하게 만들었다.

그것이 바로 일본의 하와이 진주만 기습이었다.

사실 그때까지도 미국은 지금의 미국과는 거리가 있는 나라였다.

당시만 해도 미국은 고립주의를 표방한 중립국이었는데, 일본의 진주만 기습으로 인해 그동안 쌓아 둔 공업국으로서의 저력을 폭발시켰다.

한 번도 본토를 공격당하지 않고 쌓아 둔 역량은 미국인 자신들이 생각하던 것 이상으로 강력했다.

그렇게 2차 대전이 미국을 주축으로 하는 연합국의 승리로 끝나면서 이전 영국이 누리던 패권국의 지위를 넘겨받게 되었다.

그도 그럴 것이, 영국은 승전국이었지만 전쟁의 중심에 있다 보니 많은 시설들이 파괴되어 그것을 복구하는 것만으로도 허리가 휠 지경이었다.

그에 반해, 미국은 같은 승전국이면서도 본토가 전혀 공격을 받지 않은 것과 마찬가지였기에, 유럽이나 아시아의 폐허를 복구하는 데 투자하면서 전쟁 특수를 제대로 받아들였다.

그로 인해 영국의 영향력은 퇴보한 반면, 미국의 국력은 더욱 강력해져 전 세계의 패권을 거머쥐었다.

그 뒤로 미국은 자신들이 마치 세계의 중재자라도 되는 것처럼 강력한 군사력을 바탕으로 많은 나라들의 분쟁에 개입하였다.

물론 그건 분쟁을 하고 있는 나라의 안정을 위해서만은 아니었다.

전적으로 미국의 이득에 부합되는 곳에서만 그 힘을 나눠 주었다.

그 과정에서 패전국인 일본은 미국의 영향으로 급속

한 발전을 이룰 수 있게 되었고, 현대에 와서는 경제 대국이 되어 2차 대전의 승전국들이 UN의 상임 이사국이 되던 것처럼 갖은 로비를 통해 상임 이사국이 되기 위해 노력하는 중이다.

이러한 역사적 증거가 확실하니 대한민국이 국제 사회에서 제 목소리를 내기 위해선 강력한 군사력이 필수적이다.

수호가 비록 경험을 통해 더 이상 나라에 대한 애국심은 예전만 못하지만, 그렇다고 외국에 나가 자신의 조국이 무시받는 것을 좋아하는 것은 아니다.

그렇기에 자신의 이득을 취하면서도 나라가 강력해지길 원해 SH화학을 만들고 단열재와 방탄 스프레이를 개발한 것이다.

이런 것들을 외국에 빼앗기는 걸 두고 보지 않을 것이며, 만약 선을 넘는 나라가 있다면 수호는 자신의 역량을 총동원해서라도 맞서 싸울 것이다.

*　　　*　　　*

아레스에 들러 50명의 현장 직원을 SH화학의 경비 및 경호 인력으로 계약한 수호는 바로 아시아 평화 연구소의 문성국을 찾아갔다.

그 이유는 아레스의 직원은 수호가 생각하기에 한계가 있다고 판단했기 때문이다.

아무리 아레스와 수호의 관계가 좋다 하지만, 어찌 되었든 아레스는 수호가 한때 몸담은 곳이지 수호가 운영하거나 다니고 있는 회사가 아니었다.

그러니 계약에 의거해 회사를 경비하거나, 회사의 주요 인사들에 대한 경호 업무는 가능할지언정 그들이 능동적으로 대처하진 않을 것이기 때문이다.

그러니 우선 급한 대로 아레스의 직원 50명을 회사 경비로서 계약을 하고 따로 SH화학 직할로 쓸 경비 인력을 갖출 예정이었다.

그 때문에 어쩔 수 없이 중국으로 도망친 주상욱에 대해선 좀 더 미뤄 둘 수밖에 없었다.

주상욱에게 시간이 주어지면 어떤 일을 꾸밀지 알 수 없지만, 현재로선 회사와 가족의 안전이 우선이었다.

"우선 스무 명 정도 몸 건강하고 머리 잘 돌아가는 사람 좀 뽑아."

사무실에 들이닥친 수호는 문성국을 보며 단도직입적으로 요구하였다.

그럼에도 문성국은 느닷없는 수호의 요구에 무슨 말을 할지 몰라 막연히 쳐다보기만 했다.

"무엇 때문에……."

한참을 있다가 물었다.

무엇 때문에 스무 명이나 되는 인원이 필요한지를 말이다.

"어차피 여기 있어 봐야 정상적인 일을 하지도 않을 텐데, 내가 데려가 보람찬 일에 쓰도록 하지."

수호는 문성국에게서 스무 명의 인력을 받아 아레스에 위탁 교육을 시킬 생각이었다.

굳이 아레스에 남겨 놓은 훈련 프로그램을 모두 이수할 필요는 없으니 대충 시설 경비를 하는 데 필요한 기술 위주로 교육을 한다면 일주일 정도면 충분할 것 같았다.

그렇게 일주일간 훈련을 한 뒤에 따로 준비된 것들을 습득하게 만든다면, 자신이 일을 마치고 돌아올 때까지 충분히 회사를 지킬 수 있을 것이다.

회사 외부는 아레스에서 파견되는 인원이 돌아가면서 경비를 할 것이니, 문성국이 보낼 스무 명은 회사 내부 시스템을 지키면 되었다.

더욱이 아레스야 전직 특수부대원 출신들이니 전투 훈련 위주로 훈련이 짜여 있어 문성국 밑에 있던 인원을 전투 훈련으로 한 달씩이나 썩힐 이유가 없었다.

"음……."

문성국은 잠시 망설였다.

이미 수호에게 제압된 자신들이니 그가 어떤 요구를 해도 살기 위해선 들어줘야만 했다.

그렇지만 이렇게 막무가내로 찾아와 물건도 아니고 사람을 스무 명이나 내놓으라니, 문성국으로서는 고민이 되지 않을 수 없었다.

"알겠습니다."

하지만 결론적으로 문성국은 수호의 요구를 허락할 수밖에 없기에 알겠다고 대답하였다.

"증평에 있는 PMC 아레스에 이야기해 놓았으니 이틀 뒤, 오전 8시 30분까지 보내."

"그렇게만 이야기하면 되는 것입니까?"

수호의 이야기에 문성국은 그렇게만 하면 되냐고 물었다.

그런 문성국의 질문에 수호는 인원을 보낼 때 준비해야 할 것도 일러 주었다.

"일주일간 그곳에서 훈련을 받을 것이니 그에 맞춰 준비해 둬."

"알겠습니다. 그렇게 하겠습니다."

"참, 훈련을 마치면 하루 정도 쉬고 난 다음에 회사로 보내."

"회사……."

"그래, SH화학으로 보내면 내가 알아서 쓸 테니 그렇게 알고…… 열흘 뒤에 보도록 하지."

수호는 그렇게 자신이 할 말을 남기고 자리에서 일어났다.

그런 수호의 모습에 문성국은 작게 고개를 좌우로 흔들었다.

괜한 욕심에 눈이 멀어 호랑이 코털을 건드려 가지고 자신보다 한참이나 어린 사람에게 반말을 들어야 한다는 것이 참으로 한심하게 느껴졌다.

정말이지 얼마 전까지만 해도, 나는 새도 떨어뜨릴 자신감이 있었다.

하지만 저기 멀어지는 사내와 엮이면서 그의 인생은 이전과 180도 바뀌고 말았다.

"이러고 있을 때가 아니군."

수호가 사무실을 빠져나가자 문성국은 자리에서 일어나며 작게 중얼거렸다.

내일모레까지 스무 명의 인원을 뽑아 증평에 있는 PMC 아레스에 보내려면 시간이 그리 넉넉하지 않았다.

띠!

"대리 이하 사원들 모두 지하 강당으로 집합해."

인터폰을 누른 문성국은 비서에게 사원들을 모두 집합하라는 지시를 내렸다.

아시아 평화 연구소는 하는 일이 예전 국정원에 있을

때와 비슷했다.

그저 간판만 사람들이 이상하게 생각하지 않게 걸어 두고 국내에 흘러나오는 정보들을 모조리 수집하고 있었다.

이 중 자신들에게 유리하게 쓸 만한 정보가 있으면 그것을 가지고 돈을 벌었다.

국정원에 있을 때야 정부에서 예산이 나와 그것을 가지고 정보를 얻는 데 쓰고 남은 것은 자신의 주머니에 챙겼지만, 이제는 그런 예산이 어디에서 떨어지는 것이 아니니 직접 정보를 가지고 장사를 해야 했다.

그런데 이제는 그것도 좀 힘들어질 것 같았다.

문성국이 국정원을 나올 때 데리고 나온 인원이라고 해 봐야 열 명 남짓 되었다.

그리고 알음알음 인원을 보충하여 지금의 연구소를 꾸려 나가고 있었는데, 그들 중 스무 명이나 수호가 빼내 가니 앞으로 자신은 어떻게 해야 할지 몰랐다.

그나마 다행인 것은 스무 명의 인원을 빼내는 대신, 연구소 운영 자금으로 2억 원을 주고 갔다는 것이다.

2억은 많다면 많고, 또 적다고 생각하면 적은 금액이지만, 이 정도 예산이면 빠져나간 스무 명 정도는 충분히 보충할 수 있을 것 같았다.

       ✻   ✻   ✻

PMC 아레스가 있는 증평에 갔다가, 다시 김포에 있는 아시아 평화 연구소까지 들른 수호는 성삼 병원에 입원하고 있는 둘째 큰아버지의 병문안을 갔다.

"몸은 좀 어떠세요?"

원래 둘째 큰아버지는 대림동에 있는 성모 병원에 입원했다.

하지만 어느 정도 정신이 들자 조금 더 크고 시설이 좋은 병원으로 옮겼다.

"괜찮다. 회사는?"

불과 하루였지만, 상현은 납치의 후유증에서 꽤 안정을 찾았다.

"회사는 아무 걱정 하지 마세요. 참……."

수호는 회사 걱정을 하는 둘째 큰아버지를 안심시키고, 또 이번에 자신이 하려는 일에 대해 이야기를 하였다.

"큰아버지, 우리 회사에서 생산하는 제품이 겨우 두 가지에 불과하지만, 이것은 세계 어디에 내놔도 꿀리지 않는 물건입니다."

SH화학에서 생산하는 물건의 우수성을 어필한 수호는 자신이 세워 둔 앞으로의 계획도 설명해 주었다.

단순하게 몇 가지 제품을 생산하는 화학 회사로 그치지 않고 SH는 앞으로 산업계의 많은 분야에 진출할 것이란 계획을 이야기하였다.

아직 SH란 상호가 붙어 있지는 않지만, 슬레인이 구입하고 수호가 대리인으로 있는 회사가 꽤 되었다.

그것들은 나중에 SH란 상호를 붙여 계열화할 계획이었다.

이런 이야기를 하는 수호에게 상현은 아무 말도 하지 않은 채 눈만 깜빡이며 들었다.

'허허, 나나 형님보다도 그릇이 더 크구나.'

상현은 지난날 눈앞에 있는 조카를 상대로 음모를 꾸몄던 형이나, 그런 형의 음모를 알면서도 눈감은 자신을 뒤돌아보았다.

그의 형은 계획대로 집안의 모든 사업체를 손에 쥐었다.

하지만 지금 조카의 하는 이야기를 들어 보면 집안에서 하던 사업의 규모는 좁쌀보다도 못해 보였다.

실제로 현재 SH화학이 방위사업청과 미군으로부터 계약한 규모만 봐도 집안이 가지고 있던 기업들이 내던 1년 매출의 열세 배나 되었다.

SH화학은 설립된 지 불과 6개월이 조금 넘어가고 있다.

그럼에도 매출이 흑자이고 그 액수는 1,000억 원에 육박한다.

그런데 조카에게 SH화학 말고도 공개되지 않은 회사가 더 있다는 말은 정말이지 충격이었다.

"그럼 그것들은 언제쯤 공개할 것이냐?"

수호에게서 미래에 대한 설명을 듣고 기분이 고양된 상현은, 어제 있던 그 끔찍한 납치의 후유증은 온데간데없이 두 눈을 초롱초롱하게 반짝였다.

"그건 제가 중국에 다녀온 뒤에 의논하죠?"

"중국? 무슨 일로 중국에 간다는 거냐?"

갑자기 중국에 다녀오겠다는 수호의 대답에 놀라 물었다.

"큰아버지도 들으셨는지 모르겠지만, 이번 납치에 관여한 배후가 어떻게 알았는지 중국으로 도망쳤다고 합니다."

"음……."

자신의 납치 배후가 중국으로 도망쳤다는 말에 상현은 낮은 신음을 흘렸다.

"도망친 그놈은 전에 회사로 찾아왔던 사람과 한 조직에 있는 사람이었습니다."

수호는 자신이 얼마 전 납치될 뻔했지만, 도리어 자신을 납치하던 자들을 제압하고 그 과정에서 누가 자신을 납치하려고 시도를 했는지 알게 되었다는 것도 상현에게 이야기하였다.

그리고 자신을 납치한 문성국에게서 그동안의 전말을 듣게 되었으며, 모든 일의 배후에 심양컴텍의 주상욱 사장이 있음도 알렸다.

주상욱이 이번 일을 꾸민 것은 자신들이 방위사업청과 맺은 방탄 스프레이 납품 계약 때문이며, 자신들을 납치해 사업권을 빼앗아 방위사업청 납품과 그 후 외국과의 수출 계약을 자신이 마음대로 할 계획을 갖고 있던 것까지 이야기하였다.

그런 사건 전말을 들은 상현은 너무도 엄청난 이야기에 기가 막혀 한마디도 뻥긋하지 못하였다.

자신이 생각하던 범위 이상의 내용이다 보니 한순간 공황 상태가 일어난 것이다.

"그럼 언제 중국으로 그놈을 잡으러 갈 것이냐?"

상현은 중국으로 주상욱을 잡으러 간다는 수호의 말에 언제 갈 것인지를 물었다.

"그놈이 또 어떤 자들을 동원해 큰아버지나 주변 사람들에게 해코지를 할지 모르니 준비를 하고 잡으러 가야죠."

"그래, 그래서 언제……."

자신이야 이번에 납치되었다가 수호의 도움으로 구출

되었고, 또 이제는 경호원들과 절대로 떨어져 혼자 다니지 않겠다고 다짐했지만, 그래도 다른 가족들이 걱정되었다.

그렇다고 회사와 관계없는 가족을 위해 따로 경호원을 들이기도 말이 맞지 않는다 판단되었다.

마음 같아서는 자신처럼 아내와 자식들에게도 경호원을 붙여 주고 싶지만, 그러는 것도 하루 이틀이지 언제가 될지 모르는데 마냥 경호원을 붙여 둘 수도 없지 않은가.

그래서 수호에게 그리 물은 것이다.

"일단 아레스에 경호와 경비 인력으로 50명을 보내 달라고 했어요."

"뭐? 경호 인력으로 50명이나?"

"네, 그리고 제가 따로 스무 명 정도 구했으니 열흘 뒤에 회사로 올 것입니다."

아레스와 계약으로 50명이 회사 외부 경비 및 회사 간부와 가족들에 대한 경호를 책임질 것이란 이야기를 했다.

문성국으로부터 스무 명의 인력을 받은 것 또한 그 쓰임에 대해 말하였다.

비록 SH화학의 대표는 상현이지만, 회사 운영을 뺀 제품의 개발이나 계약 조건 등을 조율하는 것은 수호가 담당하였다.

SH화학에서 생산하는 제품이 단순하게 일반에 보급되는 제품군이 아니기 때문이다.

물론 일반에도 판매할 수 있는 물건이긴 하지만, 현재로서는 군에 납품하는 것만으로도 생산 능력이 따라가지 못했다.

그러니 어쩔 수 없이 납품에 관한 거래도 현재는 수호가 담당할 수밖에 없는 상태다.

그러한 것이 처음에는 상현에게 질투와 자격지심을 일으키게 만들었지만, 한 번 납치를 당한 뒤로 깨달은 것이 있어 더 이상 그런 일에 어떠한 감정도 느끼지 않게 되었다.

그리고 앞으로의 계획을 듣고 나니 더더욱 그랬다.

"알겠다. 그럼 그런 일은 너에게 맡기고, 난 회사 운영에만 신경 쓰도록 하마."

상현은 오늘, 병원 침대에 누워 있으면서 깨달은 것들을 상기하며 그리 말하였다.

＊　　　＊　　　＊

"삼촌, 여긴 어쩐 일이세요?"

크리스탈은 연습을 마치고 나오다 마주하게 된 수호

를 보며 소리쳤다.

그러자 크리스탈을 따라 연습실을 나오던 다른 플라워즈 멤버들도 소리를 지르며 수호의 주변으로 몰려들었다.

"바쁘시다 하지 않으셨어요?"

한 달 전에 만나기로 했다가 급한 일 때문에 한동안 보지 못한다고 연락했다.

그런데 이렇게 회사까지 찾아온 수호의 모습을 본 플라워즈 멤버들은 자신들이 온종일 연습실에서 춤 연습을 했기 때문에 땀에 젖어 있다는 사실도 잊고 헤실헤실 웃어 보였다.

"하하, 바쁘긴 하지만, 잠시 짬을 내서 찾아왔지. 너희에게 저녁을 사 주겠다 약속을 했는데 그만……."

한 달 전에 있던 사건으로 약속을 미룬 것을 사과한 수호는 늦었지만 약속을 지키기 위해 찾아왔다고 말했다.

"와!"

"정말이요?"

플라워즈 멤버들은 컴백을 위해 열심히 연습하고 있었는데, 이렇게 찾아와 저녁을 사 준다는 수호의 말에 놀라 소리쳤다.

"물론이지. 괜찮죠?"

수호는 자신과 함께 내려온 찬성을 보며 물었다.

"하하, 물론이죠. 박 실장님도 허락한 내용입니다."

플라워즈의 매니저인 김찬성이 얼른 대답하였다.

"와!"

자신들을 담당하는 매니저 실장 박인성이 허락했다는 소리에 플라워즈 멤버 모두가 환호성을 질렀다.

그동안 컴백을 한다고 플라워즈 멤버들은 피나는 훈련은 물론이고, 식단까지 관리를 받고 있었다.

그런데 이렇게 저녁 회식을 허락받았다는 소리에 환호성이 나오는 것은 어쩌면 당연했다.

"고기! 고기! 고기!"

누구라 할 것 없이 플라워즈 멤버들은 고기를 외쳤다.

하지만 그것도 잠시, 찬성의 한마디에 그녀들은 외마디 비명을 지르며 어디론가 뛰어갔다.

"그런데 너희 그대로 나갈 거냐?"

"악!"

"끼악!"

"어떻게 해!"

하루 종일 연습실에서 땀 흘리다 저녁 시간이 되어 연습을 마치고 저녁을 먹으러 나오던 차였다.

그러다 오랜만에 본 수호의 모습에 자신들의 상태도

잊고 그의 곁으로 모여든 것이다.

　한데 뒤늦게 매니저인 찬성이 자신들의 상태를 알려주자 그것을 상기하고 놀라 비명을 지른 것이다.

10. 중국으로

한때 대한민국 내에 돌아다니는 정보의 대부분을 취합하고 분석하던 국가정보원 2부의 과장까지 지낸 국진.

하지만 그는 잘못된 선택으로 인해 자신의 전부인 국정원 2부 1과장이란 직위를 내려놓아야만 했다.

물론 그렇다고 해서 그 당시의 선택을 후회하진 않았다.

그것이 옳다고 믿었기에 상관인 문성국을 따라 옷을 벗었다.

그렇지만 후회는 얼마 가지 않아 찾아왔다.

그동안 국정원에 있으면서 모든 정보를 취합하고 분석한 것을 상관인 문성국에게 가져다주었는데, 그것이 국가를 위해 사용된 것이 아니라 소수의 권력자들의 권력 유지에 이용되었다는 사실을 뒤늦게 알게 되었기 때문이다.

그럼에도 국진은 상관이던 문성국의 비리를 알면서도 그를 떠날 수가 없었다.

이미 그 또한 문성국의 비리와 떨어질 수 없을 정도로 깊게 관여하고 있었기 때문이다.

그러다 사달이 벌어지고 말았다.

문성국이 속한 조직의 한 사람인 심양컴텍의 주상욱 사장이 정보를 물어왔다.

처음 그것을 알게 되었을 때 국진은 별다른 생각을 하지 않았다.

국정원에 있을 때도 그와 비슷한 일을 몇 번 한 적이 있었고, 또 그 일로 국정원에서 옷을 벗고 사회로 나왔지만, 그보다 더 쉽게 돈을 벌 수 있는 일이 없었기에 국진은 그것이 불법임을 알면서도 이미 이런 일에 관성이 붙어 문성국의 지시에 따라 일을 행했다.

하지만 그것은 독이 든 성배였고, 한쪽 날개가 부러진 줄도 모르고 비행기를 운행하는 격이었다.

황금알을 낳는 거위라 생각한 이는 아주 무서운 포식

자였고 지배자였다.

외부에 알려진 정수호는 특수부대 출신이긴 하지만, 작전 중 부상을 당해 장애 판정을 받고 전역을 한 부사관이었다.

특수부대 출신이긴 하지만, 장애인이기도 하다는 것을 알았기에 그를 납치할 계획을 세웠다.

하지만 결과적으로 그것은 잘못되어도 한참이나 잘못된 계획이었다.

어찌 된 일인지 알 수는 없지만, 그는 평범하지 않았다.

납치 과정에서 혹시 있을지 모르는 변수를 지우기 위해 전기 충격기를 준비했고, 또 동물용 마취제까지 준비를 했다.

일부 특수부대의 경우, 테러 경험을 쌓기 위해 전기 충격기를 이용한 훈련을 한다는 이야기가 있어 그중 가장 강력한 것으로 준비했다.

뿐만 아니라 마취제도 병원에서 사용하는 의료용이 아닌, 거대한 동물이나 맹수를 진정시키기 위한 용도로 사용하는 동물용 마취제를 준비하였지만, 그에게는 별다른 소용이 없었다.

납치는 계획적으로 성공을 거두었고 비밀 장소로 옮겨 그에게서 물건의 특허권을 넘겨받으려 하였지만, 어떻게 된 일인지 동물용 마취제를 맞았음에도 그는 이미 깨어 있었다.

그러다 보니 다시 한번 그를 제압하기 위해 무력행사에 들어갔으나 이번에는 전기 충격기도 소용이 없었다.

10여 명의 인원이 순식간에 제압되어 버렸다.

그리고 결과는 납치를 한 자신들이 피해자인 그에게 제압되어 상황이 역전되고 말았다.

그렇게 자신들이 제압된 뒤로 자신과 부하들은 그의 노예 아닌 노예가 되었다.

자신들이 납치하려고 한 사람은 평범한 사람이 아니었다.

남들보다 힘이 세고 민첩한 것이 특별한 것이 아니라 그 사람의 사고가 특별했다.

특수부대원으로 실전을 경험한 사람이라 그런 것인지 모르겠지만, 그 사람은 제압된 자신들을 어떻게 할까 고민하다 죽이는 것보단 자신이 필요할 때 쓰는 것이 좋겠다며 자신들의 몸에 마이크로 칩을 삽입하였다.

그것도 특수한 독이 들어 있는 마이크로 칩으로 말이다.

그러면서 마이크로 칩의 기능에 대해 아주 친절하게 설명을 해 주었는데, 안 듣는 것만 못 했다.

또, 만약 자신을 배신하게 된다면 아주 비참하게 죽

게 될 것이란 걸 꽤 적나라하게 말하였다.

이를 들은 자신이나 부하들은 독한 마음으로 자살에 대해 생각해 보기도 했다.

하지만 모진 것이 목숨이라고, 예전에는 그렇지 않았는데 막상 자살을 생각하니 쉽게 목숨을 끊겠다는 용기가 나지 않았다.

그렇게 납치한 사람에게 오히려 제압되어 어쩔 수 없이 그의 말에 따르게 되었다.

그런데 그렇게 부르겠다는 말을 하고 방치를 하던 자신들을 불렀다.

지금으로부터 일주일 전쯤의 일이다.

자신들은 PMC인 아레스라는 곳에서 신입 직원들이 훈련을 받는 프로그램에 들어가게 되었다.

PMC가 되기 위한 능력을 깨우는 훈련이라 하였는데, 그것은 언젠가 국정원에 갓 들어갔을 때 특수부대에 위탁 교육을 받은 훈련과 비슷했다.

하지만 그것과 비교해 레벨이 높았으면 높았지 절대 낮지 않아 무척이나 힘들었다.

그 훈련 프로그램이 자신들을 제압한 그가 짜 놓은 훈련 프로그램이란 말을 들었을 때 깜짝 놀랐다.

더욱이 특전사 내부에선 그가 전설로 통한다는 사실도 뒤늦게 알게 되었다.

이런 사실을 듣게 된 뒤로 부하들의 행동이 달라졌다.

이전에는 마지못해 받던 훈련이었는데, 이제는 그렇지 않았다.

특전사 내부에서도 전설로 불리며, 미군으로부터 무공훈장까지 받은 엄청난 사람이란 사실을 알게 되자 그런 사람이 자신들을 쓰려고 위탁 교육까지 받게 한다는 사실에 놀랐다.

그렇게 일주일간의 위탁 교육이 끝나고 오늘 그를 만나기 위해 SH화학으로 왔다.

자신을 포함해 스무 명이 왔는데, 무엇 때문에 자신들이 필요한지는 아직 알 수가 없었다.

아레스에서 50명이나 경호 인력을 계약했으면서 자신들 스무 명은 어디에 필요해 부른 것인지 불안과 초조한 마음으로 대기하고 있었다.

"잘 왔다."

SH화학 본관에 있는 회의실 안.

수호는 대기하고 있던 이들을 보며 환영의 인사를 했다.

그런 수호의 환영에도 대기하던 스무 명의 인원들은 아무 대답도 하지 않고 그만 주시하였다.

"너희의 과거는 일주일 전 증평에 입소하면서 모두

지워졌다. 앞으로는 다른 누구의 소속이 아닌, 이곳 SH화학의 일원으로서 회사가 발전을 하는 데 밑거름이 되기 바란다."

수호는 자신을 주시하는 사내들의 눈빛에 전혀 흔들림 없이 자신이 하고자 하는 말만 계속해서 떠들었다.

"너희도 알다시피 여기선 방위사업청과 계약을 한 방탄 스프레이뿐만 아니라 K—9용 장약 주머니도 생산되고 있다."

자신이 아레스와 계약을 하고 50명이나 되는 경호 및 경비 인력을 데려온 것과, 이들 스무 명의 인원을 문성국에게서 빼온 일에 대한 전반적인 설명을 해 주었다.

그런 수호의 설명을 들은 사내들은 깜짝 놀랐다.

김국진을 뺀 다른 이들은 위에서 하는 일에 대해 알지 못했다.

그저 국가에 필요한 것이 있어 힘없는 일반인이 그것을 운용하는 것보단 자신들이 그것의 원천 기술을 가지고 보호하는 것이 국익에 더 부합된다는 이야기에 명령을 따랐다.

이는 국정원 시절 상관의 명령이기에 별다른 의심을 하지 않았다.

물론 지금에 와서 생각해 보면 참으로 말도 되지 않는 짓이었지만, 그 당시만 해도 그것 정도는 당연하다 생각했다.

"너희는 모두 유수의 대학들을 나온 엘리트들임을 잘 알고 있다. 하지만 그동안 잘못된 길을 걸으면서 머리도 많이 굳어져 있을 것이다. 그래서……."

수호는 이들이 아레스에 가서 기초 훈련을 받는 동안 슬레인과 함께 앞으로 이들을 활용하기 위해 맞춤형 교육 프로그램을 만들었다.

처음 아레스에서 교관으로 신입 직원들을 교육하기 위해 그들에 맞는 맞춤형 훈련 프로그램을 만든 것처럼, 국정원 출신인 이들에 맞는 훈련, 아니, 학습 프로그램을 만든 것이다.

정보 수집과 그것을 빼내려는 적들에 대한 방어에 특화된 이들의 능력을 다시 한번 깨우는 것은 물론이고, 보다 향상시켜 세계 어떤 해커도 SH의 보안을 뚫지 못하게 만드는 보안 요원으로 거듭나게 만들 계획이었다.

그러기 위해 이곳 SH화학 본사 내부에 특별한 부서를 하나 만들었다.

그동안 생산에 신경 쓰다 보니 미뤄 두었지만, 이제는 더 이상 미룰 수 없는 부서 보안실.

시설 경호야 아레스에서 온 PMC들에게 일단 맡기고, 이들은 SH화학 내부의 보안 및 시스템을 보호하는 임무다.

"인원은 네 개의 조로 나눠 교육 및 훈련, 그리고 실무와 휴무로 나눈다."

스무 명의 인원을 네 개의 조로 나눠 한 조가 훈련을 하면, 다른 한 조는 실무를 맡고, 또 다른 한 조는 교육을 받는다.

그리고 남은 1개 조는 휴무를 하는 시스템이었다.

'헐!'

김국진은 조금 전 수호가 하는 말을 듣고 깜짝 놀랐다.

제압된 자신들을 아무렇지 않게 이 중요한 시설의 경비 업무를 맡긴다는 것에 놀랐고, 또 교육을 통해 더욱 많은 일을 맡기겠다고 하는 것에 더욱 놀랐다.

참으로 엄청난 배포가 아닐 수 없었다.

자신 같았으면 이런 생각도 못 했을 것이다.

자신을 납치한 이들을 어떻게 믿고 이 중요한 일을 맡긴단 말인가.

뿐만 아니라 외부 경비는 계약을 한 PMC들에 맡긴다 하지만, 내부 시설의 보안은 전적으로 자신들에게 맡기겠다는 이야기였다.

그렇다고 월급을 주지 않는 것도 아니고, 그동안 자신들이 받아 온 월급의 1.5배에 달하는 엄청난 금액이었다.

정말로 그 뜻을 어떻게 해석해야 할지 지금으로서는 갈피를 잡을 수 없어 조용히 두고 보기로 하였다.

"지금 앉아 있는 의자 아래에 놓인 상자를 책상 위로 올려라."

수호는 의자에 앉아 있는 그들에게 지시를 내렸다.

그러자 김국진을 비롯한 사내들은 자신이 앉아 있는 의자 밑을 확인하고 그곳에 있는 작은 상자를 들어 테이블 위에 올렸다.

"상자를 올려놓았으면 상자를 열고 선글라스를 꺼내라."

사람들은 조용히 수호의 지시대로 상자에서 선글라스를 꺼냈다.

그러자 수호는 다시 한번 어떻게 하는지를 말했다.

"오늘부터 사흘간은 모두 이것을 쓰고 다닌다."

수호는 손에 든 선글라스를 쓰고 그것의 사용법을 설명했다.

이들이 착용한 선글라스는 평범한, 일반적인 선글라스가 아니었다.

이것은 슬레인이 설계를 하고 만들어 낸 학습기였다.

시중에 수험생들을 위한 학습용 기기를 개량한 것으로, 겉으로 보기에는 평범한 것 같지만 여기에는 소형 단말기가 연결되어 있어 학습은 물론이고, 인터넷 검색과 단거리 통신도 가능했다.

더욱 중요한 것은 편안한 자세에서 학습을 하게 되면 그 효과가 늘어난다는 것이다.

또 슬레인이 인체 공학적으로 설계해서 그런지 동양인 얼굴에 맞게 디자인되어 멋 또한 잡았다.

"사흘 동안 교육을 이수하고 나면, 너희는 SH의 정식 보안 요원으로서 업무를 시작할 것이다."

수호는 상자 안에 들어 있는 물건들을 설명하고 앞으로 이들이 해야 할 일들에 대해 전반적인 설명도 해 주었다.

처음은 악연으로 시작되었지만, 사람이 필요한 수호는 이들을 그냥 쓰다 버릴 패로 생각하지 않고 자신의 밑으로 거두기로 했다.

솔직히 이들이 무슨 잘못이 있겠는가.

모든 것을 위에서 아무 죄책감 없는 맹목적인 사람으로 만들어 버린 사람들의 잘못이지.

사실 수호가 문성국이 아닌 아시아 평화 연구소의 말단들만 추려 보내라 했겠는가.

국정원 요원들의 신입들은 투철한 애국심과 나라에 대한 사명감으로 자신에게 내려온 명령을 수행했다.

하지만 업무를 수행하면서 이들은 점점 자신도 모르게 상급자에 대한 맹목적인 존재로 변해 갔다.

이는 명령에 계속해서 애국이나 단어를 언급하고, 또 국가에 충성하는 방법은 자신들에게 내려오는 명령을 완수하는 것이라 세뇌 아닌 세뇌를 해 왔기에 그리 변하는 것이다.

수호가 말단들을 보내라 했다고 해도 문성국으로서는 수호의 의도를 알지 못하기에 이들을 관리할 관리자가 필요하다 판단해 자신의 오른팔인 김국진을 딸려 보냈다.

수호도 김국진의 얼굴을 확인했지만, 딱히 그를 거부할 필요성을 느끼지 않았다.

아니, 비슷한 또래들만 보내는 것보단 관리자 한 명은 있는 것이 좋겠다는 생각이 들어 그냥 놔두었다.

"너희는 어떻게 생각하는지 모르겠지만, 난 이 나라가 너무도 답답해."

모든 설명을 끝낸 수호가 느닷없는 이야기를 꺼냈다.

그런 수호의 느닷없는 말에 상자 안을 살피던 사람들은 하던 일을 멈추고 단상에 있는 수호를 주시했다.

어떤 새로운 지시를 내리려 하는 것일 수도 있기에 그런 것이었다.

"물론 저 위에서 정치를 하는 이들이 무슨 생각이 있어 그런 것일 수도 있지만……."

이야기를 하던 수호는 잠시 말을 멈추고 자신을 주시

하는 이들을 하나하나 돌아보며 눈을 마주했다.

그러자 수호의 말을 듣던 이들은 하나같이 긴장해야 했다.

어느 정도 분위기를 고조시킨 수호는 다시 이야기를 이어 나갔다.

"세계는 우리나라의 군사력이 세계 상위권 국가라 하는데도 위정자들은 이것을 인정하지 않고, 어떤 때는 동남아의 약소국처럼 이야기하고, 또 어떤 때는……."

정치인들이 한 나라의 국방력을 필요에 따라 부풀리기도 하고, 또 때로는 폄하하기도 하면서 호도하는 모습에 대해 이야기하였다.

그러면서 주변국들이 대한민국을 위협할 때마다 대한민국은 약하다는 말만 하면서 위협을 하는 것에 항의도 못 하는 나라에 대해 변명만 늘어놓고 있는 것을 꼬집었다.

"난 이것이 싫다. 국내 문제에 대해서 불합리한 부분도 많고 외교적으로 약한 것도, 또 외국에서 추태를 부리는 위정자들도 많아 욕할 때도 있다. 하지만 그건……."

욕을 해도 내가 하는 것이지, 외국의 누군가 대신 우리나라를 욕하는 것은 참을 수가 없는 것이 그 나라 사람들이 갖는 기본적이 성향이다.

대한민국은 참으로 지정학적으로 치명적인 핸디캡을 가지고 있다.

한쪽은 뻔뻔하고 후안무치한 나라가 자리를 하고 있고, 또 다른 한쪽은 너무도 욕심이 많아 모든 것이 자신들의 것이라 우기며 세계를 상대로 패악질을 하고 있는 나라가 있다.

그리고 위에는 아주 불편한 친척이 살고 있어, 대한민국의 발전을 막고 있는 형국이다.

또 한편에는 세계의 경찰이라 떠들며 참견하려는 친구도 있어 대한민국을 더욱 힘들게 하고 있다.

수호는 이런 대한민국의 현실이 너무도 싫었다.

국익을 위해 해외에 파병을 나가 있으면서 많은 것을 보고 느꼈다.

국익이라 믿은 것이 사실은 미국의 이득이며, 소수의 누군가의 이득이었다.

미국과의 동맹이니 공고해지는 것인데, 무슨 불만을 말하는 것이냐 할 수도 있지만, 수호가 느낀 것은 그런 것을 떠나 정당하지 않다는 것이다.

주는 것이 있으면 받는 것도 있어야 하며, 이는 등가교환의 법칙에 입각해야 한다고 생각한다.

하지만 이것은 아주 유아적인 판단이었다.

힘의 논리에 의해 하나의 가치를 두고 두 나라가 가

치를 논하게 되면 힘이 있는 쪽의 논리가 맞는 것으로 판단이 된다.

이것은 자연계의 아주 기본 법칙인 적자생존과 아주 닮아 있었다.

그 때문에 수호는 힘을 얻었을 때, 이 힘을 개인적으로 이용하는 것보단 그동안 자신이 품은 이상을 펼치기로 결심하였다.

그러기 위해선 우선적으로 힘이 필요했다.

힘을 갖기 위해선 시간이 필요하고 사람이 필요했다. 그리고 돈도 필요했다.

그래서 사업을 벌이기로 하였고 단열재와 방탄 스프레이를 개발했다.

그 과정에서 몇 가지 문제가 발생하기도 했지만, 그것은 모두 사소한 것들이다.

하나하나 계획대로 밀고 나간다면 언젠가는 그 기초가 완성될 것이고, 결국에는 자신이 원하는 것을 이룰 수 있을 것이다.

                    *   *   *

아시아 평화 연구소에서 온 스무 명은 수호와 슬레인이 짜 놓은 계획에 따라 사흘간 교육을 받았다.

첫째 날은 컴퓨터 프로그램을 학습했고 심화 과정으로 프로그램 해킹과 그것을 방어하는 방법에 대해 배웠다.

둘째 날에는 전날 배운 해킹과 방어에 대해 복습을 하고 오후에는 여러 가지 무술을 배웠다.

하지만 이들이 배운 무술은 운동 시설이 있는 체육관에서 몸으로 배운 것이 아닌, 컴퓨터 프로그램을 이용한 가상현실(virtual reality, VR)과 증강현실(augmented reality, AR)을 통한 학습이었다.

그리고 마지막 셋째 날에는 PMC 아레스 직원 다섯 명과 함께 실전과 같은 모의 훈련을 하였다.

아레스 직원 다섯 명은 SH화학에 침투하는 임무를 맡아 실전처럼 작전을 하였고, 이제 문성국의 아시아 평화 연구소 직원이 아닌 SH화학의 보안 요원이 된 스무 명은 열 명씩 2개 조로 나눠 회사로 침입하는 적(아레스 직원)들을 막는 훈련에 임했다.

그렇지만 역시나 예상대로 보안 요원들은 회사로 침입하는 아레스의 직원들을 막아 내지 못했다.

그도 그럴 것이, 아레스 직원들의 주 임무는 바로 적진에 대한 침투와 요인 구출 및 암살이었다.

또 경우에 따라선 적의 주요 시설을 파괴하는 임무도 맡는다.

그것이 이들이 군복무 중 배운 것이고 임무였으며, 사회에 나와 PMC인 아레스라는 회사에 들어와 하는 임무이기도 했다.

물론 군인이 아니고 회사원이다 보니 침투와 파괴 임무 외에 시설 경비 업무도 추가되었지만, 이들이 하는 일은 거의 변화가 없었다.

하지만 SH화학의 보안 요원이 된 스무 명은 그렇지 않았다.

예전 국정원에 있을 당시 이들이 하는 일은 통신 감청을 통한 첩보 활동이었다.

그런데 지금 이들이 하는 일은 보안과 경비다.

즉, 이들은 이런 일을 처음 해 보는 일이기에 어색했다.

비록 이들이 인원은 두 배로 많았지만, 주특기를 그대로 사용하는 이와 생소한 일을 하는 이들 간의 차이는 좁힐 수 없는 갭의 차이가 분명했다.

물론 이들이 계속해서 이런 훈련을 하고 경험이 늘어가면, 그 갭은 점점 줄어들 것이다.

보안 요원들의 교육은 단 사흘로 끝났다.

하지만 그들의 교육이 다 끝났다는 소리는 아니었다.

훈련의 결과에서도 알 수 있듯 이들은 아직 완벽하지 않았다.

즉, 그 말은 수호가 요구하는 수준에 오르기에는 한참이나 멀었다는 소리다.

그렇지만 아직 시간적 여유가 있기에 이들은 계속해서 학습을 하고 반복해서 훈련을 통해 실력을 키워 갈 것이다.

이렇게 모든 훈련을 마치자 수호는 이들에게 회사에서 근무할 때 입을 근무복을 지급했다.

다른 직원들의 경우, 자유로운 복장에 겉에 입는 점퍼만 회사 로고가 새겨진 것을 걸치면 되지만, 보안 요원들의 경우는 달랐다.

하는 일이 특별하기에 이들에게 지급된 옷도 특별했다.

기본적으로 지급되는 점퍼 외에도 근무를 할 때 입을 근무복은 모두 방탄 기능이 있는 방탄복이다.

그렇다고 군인들이 사용하는, 누가 봐도 방탄복임을 알 수 있는 것이 아닌, 겉으로 봐선 조금 두툼한 제복 정도로 보였다.

SH화학 보안 요원들이 입는 근무복은 슬레인이 학습할 때 본 영화에 나온 것으로, 외계 괴물 종족을 상대로 지구를 지키기 위해 젊은이들이 군대에 지원하여 싸우는 내용이었다.

수호야 실제 전장을 경험한 이로서 그리 재미있다는

느낌을 받지 못했지만, 슬레인은 달랐다.

아무튼 영화에서 군인들이 훈련할 때 입던 훈련복에서 영감을 받아 인체 공학적으로 설계하고 방탄 소재의 천으로 옷을 만들었다. 근육의 능력을 30% 향상시켜 주는 인공 근육까지 접목한, 특수한 기능의 제복이다.

이것은 미국이 2000년에 계획한 미래의 군인들을 상정한 보병 전투 시스템의 일환인 랜드워리어 시스템에 들어가는 외골격 아머를 개량한 것이다.

물론 세월이 흐르고 랜드워리어는 퓨처포스워리어 프로젝트에 흡수되면서 랜드워리어 프로젝트는 사라졌지만, 외부에 알려진 것과 과학 기술의 발전으로 인해 많은 나라들에서 이것을 따라 해 보병용 특수 장비들이 개발되었다.

슬레인은 이것을 다시 SH화학 보안 요원용으로 개량하여 만들었다.

겉으로 보기에도 보기 좋은 제복이지만, 그 기능은 군용에 비해 뒤지지 않았다.

아니, 오히려 배터리로 작동하는 군용에 비해 근력을 높여 주는 부분에서 조금 기능이 떨어질지 모르나, 배터리가 방전되면 기능을 사용할 수 없는 군용에 비해 훨씬 진보되고 사용하기에 용이하였다.

이런 획기적인 제복이 지급되자 보안 요원들도 하나

같이 놀랐다.

SH화학은 보기에는 그저 그런 작은 중소기업이었지만, 알고 보니 엄청난 곳이었다.

더불어 이런 사실을 알게 되자 보안 요원이 된 이들은 하나같은 사명감을 가지게 되었다.

처음 문성국으로부터 이제는 자신과 결별하고 자신들을 제압한 수호의 지시를 따라야 한다는 것에 자괴감이 들었다.

또 명령에 의해 증평에 가서 고된 훈련을 받을 때는 '굳이 이런 일을 해야 하나'라는 생각도 했다.

하지만 고진감래라 하던가.

회사에 대한 정확한 사실을 알게 되면서 그동안 잊고 있던 사명감이 생겨나고, 자신들이 얼마나 잘못된 일을 하고 있었는지도 깨달았다.

수호는 이런 보안 요원들의 모습에 관여하지 않았다.

억지로 무언가를 시키게 되면 겉으로는 따르겠지만, 진실로 따르진 않을 것이고, 또 일부는 그것에 대한 반발을 할 수도 있음을 잘 알고 있기 때문이었다.

그래서 교육하는 사흘간 수호는 회사 전체를 개방해 이들이 직접 돌아다니며 회사를 알게 하였다.

이들 마음속에 국가에 대한 애국심이 왜곡되기는 했지만, 분명 남아 있다는 것을 알고 있었다.

그러니 SH화학이 발전하는 것이 우리나라가 발전을 하는 것이란 사실을 주지시켰다.

그것만으로도 충분했다.

따로 이런 사실을 알려 주지 않더라도 훈련하는 과정에서 회사가 나가는 방향과 그 구성원들이 어떤 생각을 하고 있는지 알게 되면 그것으로 충분한 교육이 된다고 믿었고 그대로 되었다.

*　　　*　　　*

검정색과 회색이 섞인 제복을 입은 사내들이 강당에 줄을 맞춰 서 있었다.

그들의 앞에 하나의 단상이 놓여 있었는데, 그 뒤에 수호가 서서 이들을 보고 있다.

"나는 곧 너희와 나의 악연을 맺게 만든 이를 찾아 외국에 다녀올 계획이다."

심양컴템의 주상욱으로 인해 벌어진 일들을 하나하나 공표하였다.

사실 앞에 있는 보안 요원들과 수호의 관계는 처음부터 좋은 것이 아닌 납치범과 타깃으로 만났다.

하지만 지금은 한 회사에 함께 근무하는 동료가 되었다.

비록 직급의 차이가 있어 입장이 다르지만, 어찌 되었든 하나가 된 것이다.

"처음 관계가 어찌 되었든 너희와 나는 하나의 조직에 속하게 되었다."

처음이 어떠했든 지금 이순간이 중요하다는 것을 강조했다.

"지금 주어진 임무를 완수하다 보면 너희도 보게 될 것이다. 너희가 꿈꾸던 조국이 눈앞에 펼쳐지는 모습을 말이다."

수호는 자신이 군인이었을 당시 꿈꾸던 조국에 대한 환상을 이들에게 심어 주었다.

사실 SH화학의 보안 요원이 된 전직 국정원 요원들도 처음 그들이 국정원에 지원을 할 때는 모두 수호와 비슷한 이상을 가지고 있었을 것이란 사실을 들었기에 하는 이야기였다.

"그러기 위해선 너희도 노력해야 할 것이다. 회사는 앞으로 계속해서 성장할 것이다."

새롭게 보안 요원이 된 이들에게 그동안 이들이 어떤 생활을 하고 어떤 생각을 한 것은 중요치 않았다.

수호는 이들에게 밝은 미래를 위해 끊임없이 노력하라는 말을 하고 단상에서 내려왔다.

"잘 부탁해."

수호는 SH화학의 보안 실장이 된 김국진을 보며 말했다.

자신보다 나이가 훨씬 많았지만, 수호는 그에게 절대 존칭을 쓰지 않았다.

처음 그와 관계를 맺을 당시 그러하였고 지금은 자신의 밑에 있는 부하 직원이 되었기 때문이다.

더욱이 수호 자신이 군인 출신이다 보니 아랫사람에 대한 것은 수직적으로 대하는 것이 편했기에 그랬다.

그렇다고 회사의 직원들에게도 그런 것은 아니다.

일반 직원들에게는 나이와 직급에 맞는 칭호를 사용하지만, 이들 보안 요원에 한해서는 일절 없었다.

이는 일반 직원과 이들 보안 요원들을 같은 선상에 두고 평가하지 않기 때문이다.

일의 효율을 위해선 일반인과 이들을 나눠 대우해야 한다고 생각하였기에 그리 대하는 것이다.

이런 수호의 대우는 보안 요원들도 편하게 여겼다.

괜히 나이 때문에 수호가 존칭을 한다면 그것만큼 어색한 것도 없을 것이기 때문이다.

상명하복에 익숙한 이들에게 모든 면에 위인 수호가 대우해 주겠다며 존칭을 한다면 더 어색했을 것이다.

"감사합니다."

잘 부탁한다는 수호의 말에 김국진은 알겠다, 잘하겠

다는 대답 대신 감사하다는 생뚱맞은 대답을 하였다.

하지만 국진이 이런 대답을 하는 것은 다른 것이 아닌 잘못된 길을 걷고 있던 자신들을 받아들여 준 것에 대한 고마움이었다.

"흠……."

감사하다는 국진의 대답에 수호는 잠시 한숨을 쉬고 국진을 가만히 쳐다보았다.

그가 어떤 의미로 이런 말을 한 것인지 알아보기 위해서다.

그렇지만 곧 그 말의 뜻을 깨달은 수호는 빙그레 미소 지으며 나직하게 말하였다.

"지금은 그렇고, 나중에 내가 당신들을 정말로 믿을 수 있게 된다면……."

말을 하다 말고 뒷말을 멈춘 수호는 그렇게 자리를 떠났다.

'금제를 풀어 주지.'

그렇게 속으로 뒷말을 완성한 수호는 이들에게 자신이 중국에 다녀올 동안 SH화학의 보안을 맡겼다.

물론 전적으로 이들에게만 모든 것을 맡긴 것은 아니었다.

이들은 모르겠지만, SH화학 전반에 걸쳐 슬레인의 감시망이 모두 퍼져 있었다.

슬레인의 감시망은 CIA의 감시 프로그램인 프리즘 이상으로 촘촘해 혹시라도 수호나 SH화학에 대한 비밀이 외부로 새어 나가지 못한다.

오히려 그런 기미가 보이게 된다면 역정보를 흘리거나 강력한 보안 프로그램에 의해 비밀을 누설하려는 이나 그것을 수신하려는 이 모두 낭패를 볼 것이다.

아무튼 그렇게 수호는 김국진에게 운을 떼고는 자리를 떠났다.

한편, 방금 전 수호가 한 말을 듣고 김국진은 혼란에 빠졌다.

말을 끝까지 하지 않고 간 것 때문에 그 뒷말이 궁금해진 것이다.

'뭐지? 무슨 말을 하려고 한 거지?'

자신들을 믿을 수 있게 된다면 어떻게 하겠다는 것인지 정말로 궁금해 미쳐 버릴 것만 같았다.

"실장님, 무슨 일 있으십니까?"

수호가 강당을 떠나자, 모여 있던 보안 요원들도 하나둘 예정된 근무를 위해 강당을 빠져나가고 있는데, 보안 실장이 된 김국진이 멍하니 자리에 멈춰 있으니 요원 한 명이 그에게 다가와 물었다.

"아, 아니야. 조금 전 고문님이 하고 간 말 때문에……"

"네? 무슨 이야기를 하고 갔는데, 그렇게 멍하니 서 계신 겁니까?"

국진의 말에 질문을 한 남자가 눈을 반짝이며 물었다.

자신들은 듣지 못했지만, 실장인 국진은 뭔가 다른 말을 들었다는 것에 호기심을 느꼈기 때문이다.

" '우리를 믿을 수 있게 된다면'이란 말을 했는데, 그 말이 무슨 뜻일까?"

국진은 조금 전 수호가 자신에게 한 이야기를 그대로 들려주었다.

그런 국진의 말에 고개를 갸웃거리던 남자는 눈을 크게 뜨며 자신의 생각을 말하였다.

"혹시 그 말은 우리를 믿을 수 있게 되면 그것을 제거해 주겠다…… 뭐, 그런 이야기 아닐까요?"

확신이 없지만, 사내는 자신이 생각한 것이 맞지 않을까 싶어 물었다.

"음…… 그럴 수도 있겠다."

국진이 생각하기에도 어감의 흐름상, 방금 그가 한 말이 맞을 수도 있겠다는 생각이 들었다.

솔직히 생활을 하는 데는 아무런 제약 없는 금제다.

하지만 기분상 사타구니에 꺼림칙한 무언가를 가지고 있다는 것이 남자로서 꽤 불편했다.

이는 육체적 불편함이 아닌 심리적 불편함이었다.

그런데 그것을 제거할 희망이 생겼다는 것에 국진은 기분이 싱숭생숭해졌다.

＊　　　＊　　　＊

수호는 그들을 새롭게 뽑아 배치를 하였다.

처음 그들과의 인연은 악연이었지만, 현재 그들은 자신의 밑에 들어와 자신의 기반이 되는 회사에 근무를 하게 되었다.

"확실히 그때 날 멈춰 줘서 고맙다."

수호는 공항으로 가는 길에 슬레인에게 고맙다는 말을 하였다.

[아닙니다. 이런 것이 슬레이브인 제가 존재할 수 있는 의의입니다.]

"그래, 알겠다. 그런데 주상욱의 행방은 찾았어?"

중국으로 도망친 주상욱을 찾아가는 지금, 그의 행방이 궁금해 물었다.

2주 전 주상욱은 고깃배를 이용해 중국으로 밀항을 하였다.

그 때문에 그를 추적하는 데 한계가 있었다.

다만, 그가 30억이란 도피 자금을 받기 위해 통장을 이용했다는 것이 유일한 희망이었다.

그런데 실패했을 때 도망칠 계획까지 완벽하게 준비한 것인지, 도피 자금이 들어 있는 계좌를 동결하기 전이미 많은 돈을 인출한 상태였다.

그나마 다행인 것은 30억 모두 인출하진 못하고 계좌에서 5억 원 정도만 빠져나갔다는 것이다.

나머지 25억 원은 검찰을 통해 범죄와 연관된 자금이라고 은행 계좌를 동결시켜 버렸다.

이런 사실을 알게 되었는지 주상욱의 흔적은 도피를 시작한 지 사흘 정도 뒤로 그 흔적을 찾을 수가 없었다.

은행 계좌에 있던 25억 원을 찾을 수가 없으니 어쩌면 당연한 결과라 할 수 있었다.

[상해에서 북경으로 이동한 것까진 포착되었지만, 그 뒤로는 흔적을 찾을 수가 없습니다. 아마도 다른 사람의 명의를 사용하는 것 같습니다.]

슬레인의 이야기를 들은 수호는 그 말이 일리가 있다고 판단해 고개를 끄덕였다.

그렇지 않고야 슬레인의 레이더망에 걸리지 않는 것은 말이 되지 않기 때문이다.

아무리 중국이라 하지만, 그곳도 사람이 사는 곳이고 전기 통신망을 사용한다.

그렇다는 말은 슬레인은 인공지능이며, 인터넷이 연결된 곳은 어디든 갈 수 있고, 또 연결된 기기들을 임의로 조작할 수도 있기에 그 감시망을 벗어날 수는 없다.

그런데 주상욱의 흔적을 찾을 수가 없다는 것은 말이 되지 않았다.

아니, 차명을 이용했다고 해도 중국이 아니었으면, 사회 시스템이 한국처럼 발달이 되었다면 슬레인이 찾아냈을 것이다.

하지만 중국은 사회 시스템이 한국처럼 완벽하지 못했다.

아니, 그것을 사용하는 중국인들의 밀도가 한국인과 다르다는 것이 정확하다 할 수 있었다.

그게 무슨 말인가 하면, 열차나 좌석이 있는 운송 수단은 티켓에 적혀 있는 좌석에 앉는 것이 상식이다.

하지만 중국이란 나라는 그런 상식이 부정되는 곳으로, 앉는 사람이 그 좌석의 주인이 되어 버린다.

그렇기에 아무리 슬레인의 능력이 뛰어나다 해도 대략적인 위치 정도는 알아낼 수 있지만, 만약 그렇지 않고 무작위로 좌석에 앉거나 다른 차에 타 버리면 그다음부터는 추적할 수가 없었다.

"일단 그의 흔적이 남아 있는 북경으로 가 보자."

수호는 마지막으로 주상욱의 흔적이 남은 북경으로 가기로 했다.

〈5권에 계속〉